本格推理小説

石《いし》持《もち》浅《あさ》海《み》

わたしたちが少女《しょうじょ》と呼《よ》ばれていた頃《ころ》

NON NOVEL

祥伝社

目次
contents

赤信号　9

夏休み　35

彼女の朝　61

握られた手　87

夢に向かって 111
災い転じて 139
優佳と、わたしの未来 169

装幀　坂野公一（welle design）
カバーイラスト　もりちか

赤信号

高校に進学したら、新顔がいた。

こう書くと、怪訝《けげん》な顔をされるかもしれない。種明かしをすれば、わたしが在籍している私立碩徳横《せきとくよこ》浜《はま》女子高等学校は、中高一貫校なのだ。だから、基本的には中学校の生徒たちが、そのまま繰り上がる。同学年全員の顔と名前が一致しているわけでないとしても、たいてい見覚えがあるものだ。特に、特進理系クラスに入れるほどの生徒であれば。それなのに見覚えがない以上、彼女は他の中学校から来たことになる。

新入学の一学期だけあって、机は出席番号どおり五十音順に並んでいる。わたしの後ろに座ったのは、碓氷優佳《うすいゆか》という生徒だった。色白の瓜実顔《うりざねがお》。肩に少し届かないくらいの、まっすぐな黒髪。少し幼く見える、整った顔だち。これだけの美人なら、碩徳横浜女子中学校にいれば、知らないわけがなかった。

「ねえ」

わたしは身体《からだ》をねじって、後席のクラスメートに話しかけた。

「ひょっとして、一般入試？」

「うん」

後席の碓氷優佳は、素直にうなずいた。出身中学校を口にする。わたしは、その校名を知らなかった。

「川崎《かわさき》の公立なんだ」

優佳はそう説明した。川崎市の学校ならば、横浜生まれ、横浜育ちのわたしが知らないのも道理だ。

「へえ」

わたしは意味のない、それでも正直な感想を口にした。「頭、いいんだ」

優佳は、ひらひらと右手を振る。

「そんなこと、ないよ。受かったのは、単に運がよかったから」

もちろん、謙遜《けんそん》を真に受けるほど、わたしもバカではない。碩徳横浜の特進理系は、運だけで合格できるほど、甘いところではないからだ。

碩徳といえば、お嬢様学校として知られている。本校は東京の三鷹《みたか》市にあり、姉妹校が横浜と福岡、そして仙台《せんだい》にある。そのため全国的にも、わりと有名だ。

とはいえ、別に金持ち専用の学校というわけではない。そんな評判が立つのは、校則が非常に厳しいから。人間力を鍛《きた》えることこそが学校の役割だというのが創立理念だから、いきおいしつけが厳しくなる。その結果、生徒たちはある程度の上品さを身につける。つまり、一応はお嬢様に見えるようになるわけだ。だからお嬢様学校という認識は、まずまず正しいといえるだろう。

しかし、碩徳が単なるお嬢様学校に留《とど》まらないのは、一流大学へ多くの生徒を合格させている事実による。その実績を支えているのが、特進クラスの存在だった。中高一貫校で、中学から高校へ自動的に上がれるといっても、それは普通クラスの話。普通クラスは、まさしくお嬢様養成機関だ。一方一流大学を目指す生徒は、特進を受験する。理系と文系、各一クラスずつしかない狭き門だ。わたしも中学校時代には優等生の部類に入っていたから、なんとか合格することができた。

ただし、碓氷優佳は条件が違う。詳しくは知らないけれど、確か外部の中学生に対しては、定員があるのではなかったか。それも、ごく少数の。外部の生徒ばかりが入ってきたら、中高一貫教育の意味が薄れる。だから外部の受験生については、さらに評価を厳しくして、間違いのない生徒だけを合格させていると聞く。だとすると、優佳は、いわば厳選された生徒なのだ。

自分の目が細められるのがわかった。公立中学校から碩徳の特進クラスに合格した、瓜実顔の美少女。彼女がどれほど優秀なのか、この目で見極めてやろう。

わたしは、右手を差し出した。

「わたし、上杉小春《うえすぎこはる》。よろしくね」

「こちらこそ。わたしは碓氷優佳」

優佳は華のように微笑《ほほえ》んで、わたしの手を握《にぎ》った。少しひんやりとした、乾いた感触があった。


改札を抜けたら、前をきれいな黒髪が歩いているのに気がついた。

早足で追いつく。背後から、肩をぽんと叩いた。

「おはよ」

振り向いた優佳は、わたしを見ると微笑んだ。

「上杉さん。おはよう」

碩徳横浜女子高等学校は、ＪＲ石川町《いしかわちょう》駅から歩いて十分くらいの場所にある。わたしの家は上大岡《かみおおおか》駅の近くにあるから、京浜《けいひん》急行で横浜駅まで行き、そこでＪＲに乗り換える。一方、優佳の最寄り駅は武蔵小杉《むさしこすぎ》だと聞いた。東急《とうきゅう》で横浜駅まで出て、やはりＪＲに乗り換えるのが、一般的な通学コースだろう。横浜駅から石川町駅までは、同じ電車に乗ったようだ。

二人並んで、学校までの道を歩く。交差点にさしかかった。歩行者用の信号機が点滅している。

「やべっ」

言うなり、無意識のうちに駆け出していた。優佳が慌《あわ》ててついてくる。横断歩道を四分の三ほど渡ったところで信号機は赤になったけれど、なんとか渡り終えることができた。

「どうしたの？」

優佳が驚いた表情を隠さずに言った。

「予鈴までは、まだ十分時間があるじゃない」

「ごめん。つい、ね」

わたしは答えになっていない答えをした。優佳はそれ以上訊《き》き返さず、また二人並んで歩みを進めた。

　交差点からは、上り坂が続く。かなりの急勾配《きゅうこうばい》だから、生徒たちは箱根《はこね》駅伝になぞらえて「五区」と呼んでいるほどだ。上りながら、ちらりと優佳を見た。慣れない坂道に辛そうだ。わたしだって中学校時代の三年間上り続けてきたのに、きついことには変わりない。

「こりゃ、大変だわ」

　優佳がふうっと息を吐いた。わたしはうなずく。

「卒業する頃には、見事な大根脚になってるって話だよ。別名『脚太高校』なんだから」

　うわあ、と優佳が無邪気な悲鳴を上げた。美人だけれど童顔の彼女がそんな声を出すと、自分よりも年下に見えてしまう。

　二人でぜえぜえ言いながら、坂道を上り続ける。

「大学に進学したら、絶対に学校近くのアパートを借りてやるんだ」

　わたしのつぶやきに、優佳が「そうね」と答えて、ようやく校門にたどり着いた。

「ふう、着いた」

　大きく息を吐いて、ようやく平坦になった校内に入る。玄関で上履きに履き替えた。一年生の教室に向かう。

「ねえ、上杉さん」

　廊下を歩きながら、優佳が話しかけてきた。

「なに？」

　応えるわたしの目を、優佳が覗《のぞ》きこんだ。

「ひょっとして、今年遠くの大学に入った、お兄さんかお姉さんがいる？」

　思わず、足を止めていた。目がまん丸になっているのが、自分でもわかる。

「うん。お姉ちゃんがいるよ。今年、京都大学に入った。どうして、わかったの？」

　優佳が口をＯの字にした。

「京都大学。すごいね」

そんなことは訊いていない。優佳も質問されたことはわかっているようで、表情で「大丈夫」と告げた後、話を続けた。

「特に理由はないの。ただ、ちょっと気になることがあったから」

「気になること？」

「うん。上杉さんって、『大学に進学したら、絶対に学校近くのアパートを借りてやるんだ』って言ってたでしょ」

記憶をたどる。確かに、そんなことを言った。

「高校に入学したばかりなのに、もう卒業した後のことを考えたのは、ちょっと不自然だと思ったんだ。しかも志望校すら決まっていないのに、進学した後の住み処《か》なんて、まるで遠くの大学に進学することが決まっているような話をしてる。ごく最近、大学進学でアパートを借りた人が近くにいて、それが頭に残ってたんじゃないかと想像しても、不思議はないでしょう？」

「……………」

わたしは、すぐには返事ができなかった。優佳の発言は、わたしの思考をそのままトレースしていたからだ。少なからず感嘆《かんたん》したけれど、同級生を素直に褒めるのは、プライドが許さなかった。

「ほほー。そこまでわかるとは、たいしたもんだ」

ちょっと芝居がかった口調で、そう言った。

「大当たり。すごいね」

わざと大げさに言うことで、実際はそれほどでもないという演出だった。優佳はまんまと乗ってくれて、悪戯《いたずら》っぽく舌を出した。

「実は、タネがあるの」

「タネ？」

「うん。わたしにも、今年大学に入ったお姉ちゃんがいるのよ。だから、すぐにわかったわけ」

なんだ。そんなからくりがあったのか。

「お姉さんがいたんだ。どこの大学？」

校名を訊いてしまうのが、特進クラスの性《さが》だ。優佳は恥ずかしそうに答える。

「慶應《けいおう》大学なんだ」

「慶應。すごいじゃんか」

こちらは本音だ。私立の雄。生半可な国立大学よりも、はるかにレベルは高い。

「お姉さんの高校は、うちなの?」

優佳は首を振る。

「違うよ。神奈川第一高校」

神奈川第一といえば、県内随一《ずいいち》の公立進学校だ。優佳がそうであるように、その姉もまた、優秀なのがわかった。

「上杉さんのお姉さんは、この学校だったの?」

わたしは渋い顔で首肯《しゅこう》する。

「うん。同じ特進理系」

優佳が目を丸くした。

「すごい一家だ。それで京大? 上杉さんの将来も、約束されたようなもんじゃないの」

「んなわけないでしょ」

わたしはひらひらと手を振る。

「うちのお姉ちゃんは、一度受験に失敗して、浪人してるんだよ。それでようやく大学に入れたんだから、優秀なわけない」

「そんなことないよ。滑《すべ》り止めには受かっていたんでしょう? そこに入らず、浪人してでも志望校に行きたかったのは、よほど強い意志がないとできないことだよ」

優佳はそう言ってくれた。なかなか、そつのない対応をする奴だ。ともかく、心を読まれたのではないとわかって、少しホッとした。

一時限目は、現代国語だった。わたしは理数系だけれど、国語は苦手ではない。半分の集中力でも授業についていける。漫然と板書をノートに書き写していたわたしは、ふと気がついた。

待てよ。慶應大学は、一年生は日吉《ひよし》キャンパスじゃなかったっけ。

日吉といえば、優佳の住む武蔵小杉から、目と鼻の先だ。優佳の姉は、大学の近くにアパートを借りたりしていないだろう。優佳が姉の存在から大学近くのアパートなど、思いつくはずがないのだ。

　ということは、わたしに姉がいて、今春遠くの大学に進学したという仮説は、純然たる知的活動によって導き出されたことになる。タネなんてない。

　わたしは、思わず後ろを振り返りそうになった。後席に座る同級生は、思考だけでわたしの心をトレースした。

　もちろん、たいした内容ではない。間違いが許されない類《たぐい》の問題ではないのだ。すぐに答え合わせができるのだから、心にずっと残ってもやもやすることもない。そんな気楽さから、ちょっとした思いつきを口に出してみたに過ぎない。それでも、そのちょっとした思いつきが当たっているのだから、こちらは何も言えなかった。

　碓氷優佳。彼女は、学業の成績とは別の次元で、頭の回転が速い人間なのかもしれない。あるいは、ごく自然に頭を使うことに慣れているか。どんなことも流したりせず、必ず一度は思考のフィルターにかける。優佳は無意識のうちにそうする癖がついているのかもしれない。純粋な意味での脳の出来。優佳は、それがかなりよいのではないか——わたしはそんなことを考えた。

　次の日。昨日と同じように、駅で優佳と合流した。毎日同じ電車に乗るのだから、いちいち待ち合わせの約束をしなくても、一緒になれる。

「おはよー」

「おはよう」

　入学してそれほど日は経《た》っていないのに、すっかり仲良くなった。彼女は、優等生にありがちな、我が強いタイプではない。かといって、引っ込み思案なわけでもない。へらへらしているわけでなく、つんつんしているわけでもない。言葉遣いはきれいだけれど、決してお嬢様的に上品というわけでもない。まとめると、「人当たりのよい、勉強のできる庶民」だ。わたし自身がお嬢様ではないから、友人としては最高のタイプに属すると思う。入学早々、こんな人間と知り合えてよかった。

交差点では、またしても青信号が点滅していた。ダッシュする。今日は心得ていたのか、優佳も遅れずについてきた。おかげで、昨日よりは余裕を持って渡りきることができた。

「もう。せっかちさんなんだから」

優佳が笑いながら言う。

「でも、上杉さんだけじゃないみたいだけど」

優佳は渡ったばかりの交差点を見た。つられて振り返ると、間に合わなかった他の生徒たちが、悔しそうな表情を浮かべているのが見えた。みんな高校の制服を着ている。中高一貫ではあるけれど、形の上では別の学校だ。だから制服も変えている。高校の制服の方がデザインがいいのは、中学の生徒に成長意欲を植えつけようという学校側の狙いがある——というのは、うがちすぎだろうけれど。


「信号が点滅したらダッシュするのは本能みたいなものだとは思うけど、それにしても慌てすぎじゃない？　みんな」

碩徳って、そんなにせかせかした学校なの？——優佳はそう続けた。そうか。彼女は知らないのだ。

「別に、せかせかしちゃいないよ」

わたしは答えた。五区に足を一歩踏み出す。

「むしろ、逆ね。先生たちは、ゆったりどっしり構えなさいって、いつも言ってるし。でも、この信号だけは、例外」

優佳が首を傾《かし》げる。「例外？」

「うん」太ももにかかる負荷に耐えながら、言葉を続ける。

「高校には、ちょっとした言い伝えがあってね。受験を間近にした生徒が、学校近くで赤信号に引っかかると、その子は不合格だっていう——」

「………」

優佳が、たいして大きくない目を丸くした。じっとこちらを見る。けれど黙っている時間は長くなく、すぐに笑い出した。

「ああーっ、笑ったなあ」

膨《ふく》れてみせる。優佳は「ごめん、ごめん」と口では謝るものの、目はまだ笑っていた。

「そんな言い伝えがあったとは知らなかったよ。でも、それを真に受けて、みんな点滅でダッシュしてるの？」

　明らかに信じていない口調。外部出身者なら当然の反応だろう。わたしは意識して真剣な表情を作った。

「バカにしたもんじゃないよ。実際、落ちた三年生で、受験前は赤信号ばかりだったって言う人は、結構多いんだから」

　優佳が何か言おうとするのを制して、話を続ける。

「もちろん、科学的に証明されているわけじゃないのは、わかってる。でも、理屈度外視で納得しちゃうことって、あるじゃない。血液型で性格判断したりとか。うちの生徒たちにとっては、似たようなものなんだよ」

　優佳は表情から笑いを消したが、納得しているとは言い難かった。

「でも今は、試験前じゃないよ。そもそも、わたしたちはまだ一年でしょう。今から三年終わりの大学受験に備えているの？」

「一事が万事」

　わたしはきっぱりと言った。

「赤信号の呪いが、大学入試にだけかかっているとは限らないじゃんか。中間試験や期末試験で爆発したくないし、入試本番のどれくらい前から気にすればいいのかわからないんだから。だったら、ずっと気にしてればいいでしょ。少なくとも、わたしは気にするな。だって――」

　わたしは声を潜《ひそ》めた。

「うちのお姉ちゃんが、それで落ちちゃったんだから」

　優佳の足が止まる。

「昨日、お姉ちゃんが浪人して、今年ようやく受かったって言ったでしょ。このしつけが厳しい碩徳で、先生にくってかかってばかりいて、それでも許されていたほどの優等生。模試の結果はいつもＡ判定で、センター試験の自己採点でも、ほぼ狙いどおりの結果が出ていた。それなのに、本番では不合格。そこでお姉ちゃんは思い出したの。受験の前は、赤信号ばかりだったって。赤信号の言い伝えなんて笑い飛ばしてたけど、こんなことなら点滅していても無理に渡ればよかったって、激しく後悔したらしいよ」

「………………」

「言ったように、今までも赤信号に引っかかって落ちた人は、何人もいた。でもほとんどが元々合否のライン上にいた人たちだから、不合格でもさほど不思議がられなかった。だからその頃は、誰も点滅でダッシュなんてしなかったって話。お嬢様学校にあるまじき、はしたない行為だしね。そこに、合格確実と目されていたお姉ちゃんが落ちちゃったもんだから、そりゃあもう、大騒ぎさ」

　わたしは大騒ぎを表現するために、両手を大きく広げた。

「そのお姉ちゃんが、自分も赤信号ばかりだったと発言して、みんな顔がマジになったらしいよ。それこそ理屈を度外視して、納得しちゃったの。それ以来、ダッシュの嵐。まるで甲子園を目指す高校球児みたいにね。お姉ちゃんの担任の先生も、超常現象を信じる気になったみたい。担任の先生がお姉ちゃんに『おまえが落ちたのは、赤信号のせいだ。あまり自分を責めるな』って、訳のわからない慰《なぐさ》めをしたんだって」

　わたしは意味もなく、胸を張った。

「というわけで、わたしのお姉ちゃんは、碩徳横浜の歴史を変えちゃったんだ」

すごいね、と優佳が感心した声を出した。何をすごいと表現したのかは、今ひとつよくわからないけれど。

「それで、今年から高校に進学するわたしに、お姉ちゃんが教えてくれたわけ。ただの言い伝えなんだから、気にするなって付け加えられたけど、そりゃ気にするよ。ダッシュしようと、赤信号に引っかからなければ、心の平穏が得られるんだから。おまじないというか、お守り代わりというか、まあ精神安定剤ね」

「ってことは」

優佳が頰《ほお》をぽりぽりと掻《か》いた。

「それって、高校だけの言い伝えなんだ。中学には、知られてないの？」

「うん。中学と高校は校舎も違うから、交流はほとんどないね。せいぜい、高校の学園祭を見せてもらうくらいかな。だから高校の情報なんて、中学には全然入ってこない。わたしも聞いたのは、中学を卒業してからだし。他のみんなは入学してから、いつの間にか知るようになるって感じじゃないかな。部活の先輩から聞いたりとか。お姉ちゃんからは、あんたが広めてあげればいいじゃないって言われたけどね」

「じゃあ、さっき赤信号に引っかかって悔しがってた人たちは、みんな上級生なんだ」

「そうだと思うよ。あんまし見覚えがなかったし」

「そうなんだ」

優佳は薄く笑った。

「わたしも聞いちゃった以上、やっぱり気にした方がいいのかな」

「好きずきだけど」

わたしは答える。

「試験に落ちちゃったときに、余計な後悔をしなくていいと思うよ。ああ、赤信号を気にしておくんだったってね」

「それもそうか」

優佳の納得と、わたしたちが校門にたどり着くのは、同時だった。

特進クラスは、平日は七時限目まで授業がある。部活動はその後だ。だから終わったら、もう夕暮れになる。四月で夕暮れなのだから、冬場は真っ暗になるだろう。女子高生を薄暗い中帰宅させるのは、治安上問題じゃないかと思う。けれど学校を終えてから塾や予備校に通ったりすると、もっと遅くなる。碩徳が特別生徒の安全を無視しているわけではない。

わたしは身体を動かすのが好きだから、スカッシュ部に入っている。しかし、しつけや学業に熱心な碩徳は、残念ながらスポーツには関心が薄いようだ。特進は七時限目が終わった後に部活動に参加するから、時間が短い。ちょっと汗をかいたと思ったら、もう終わりだ。六時限目が終わって、すぐに部活を始める一般クラスの生徒だって、お嬢様だ。スポ根的な猛練習はしない。部活動というより、同好会レベルといっていいだろう。まあ、これだけ勉強させられて、その上部活動でもしごかれたら、さすがにこなしきれない。だから部活動がこの程度でよかったと思う。

「お疲れー」

片付けを終えて、他の一年生たちと一緒に部室を出た。三人いる一年生のうち、電車通学はわたしだけだ。自転車置き場に向かう二人と別れて、わたしは一人で校門に向かった。そこで、見知った顔を見つけた。

「お疲れ」

わたしは優佳に声をかけた。優佳は珍しく疲れた顔で「お疲れさま」と返してくる。

「碓氷さんも、部活帰り？」

「うん」

「何部だっけ」

「英会話部」

英会話部か。碩徳の英会話部は、ネイティブの英語教師相手にマシンガンのように英語を話さなければならないという、まるで授業のような部活動だと聞いた。ただでさえ七時限も授業を受けたのに、部活動でも勉強とはご苦労なことだ。優佳が疲れた顔をしているのも納得できる。

行きはともかく、クラブが違うから、帰りは優佳と一緒に帰ったことはなかった。すっかり暗くなった通学路を、並んで帰る。帰りは下り坂、箱根駅伝でいえば六区だ。だからそれほど辛くはなかった。

「ねえ」

坂を下りながら、優佳が話しかけてくる。

「なに？」

「赤信号の言い伝えは、帰り道でも適用されるの？」

「もちろん。行きはよいよい帰りは怖いんだから」

自分でも意味不明な答えをしてしまった。しかし優佳は特に反応することもなく、話を続けた。

「上杉さんは、お姉さんから言い伝えを聞いたのは、中学を卒業してからだって言ってたよね」

「うん。そうだよ」

優佳は、前を向いたままうなずいた。

「通学時に赤信号に引っかかると、試験に不合格になる。上杉さんのお姉さんが当てはまってしまってからは、ただの言い伝えが実体を持ってしまった。だからみんな、おまじないみたいな予防策を実践している。信じようが信じまいが、女の子はその類のことが好きだからね」

わたしは優佳の顔を見た。どうして突然まとめに入ったのだろう。

「どしたの？」

優佳はまっすぐにこちらの顔を見つめた。

「不思議ね。そこまで定着している言い伝えを、上杉さんが中学を卒業してから教えたのは」

不思議？　どうしてだろう。

「なんで？　高校の言い伝えなんだから、入学するときに教えるのは当然じゃんか」

優佳は少しだけ眉《まゆ》をひそめた。気づかないの？　とでも言いたげに。

「碩徳はエスカレーター式だけど、上杉さんは特進を受験したんでしょ？　お姉さんが身をもって言い伝えを体験していたのなら、上杉さんが特進を受験する前に教えるのが自然でしょう」

頭を殴られたような感覚があった。わたしは今、何を聞いた？

「あ……」

「高校だけの言い伝えだといっても、上杉さんは、その高校を受験するんだよ。そんな妹がいれば、受験前に教えそうなものじゃない。それこそお守り代わりとして。なぜお姉さんは、受験前に教えてくれなかったのかな。お姉さんが言い伝えの重要性を実感したのは、その一年前なんだから、教える機会はいくらでもあったはずなのに」

「え、えっと……」

わたしはすぐには答えられなかった。滅多にないことだ。それほど優佳の言葉は意外だった。そして、的《まと》を射《い》ていた。必死になって態勢を立て直し、考える。幸い、問題が目の前にあれば、解くのは苦手ではない。わりとすぐに反論を思いつくことができた。

「お姉ちゃんは、受験勉強の邪魔をしたくなかったんじゃないかな。ただでさえ入試前でピリピリしているときに、余計なことに気を遣わせたくないって」

我ながらまっとうな答えだと思う。しかし優佳は賛成してくれなかった。

「普通なら、わたしもそう思うよ。でも、今回のケースに限っては、違うんじゃないかな。だって、お姉さんは言い伝えを軽視したことを、激しく後悔したんでしょ？　つまり、言い伝えを信じたってこと。信じたのなら、言うよ。妹にも同じ後悔をさせたくないから」

わたしは再反論できない。優佳はさらにたたみかける。

「言い伝えを教えるのは、余計なことに気を遣わせるというよりは、お守りを渡したり、おまじないを授ける意味だよ。上杉さんは精神安定剤とすら表現している。決して邪魔にはならない。実際のところ、上杉さんは信号のことを気にはしていても、負担になったりしていないでしょう?」

「……確かに」

優佳の言うことは、いちいちもっともだった。しかし、彼女の意見が真実ならば、わたしにとって不快なことになる。

「わたしに同じ後悔をさせたくないなら、受験前に言い伝えを教えるはずだ。碓氷さんはそう言ったよね。でも現実は、そうではなかった。ということは、お姉ちゃんはわたしに失敗させたかったっていうわけ? むしろ、同じ後悔をさせたかったたって? わたしが不合格だったときには、ほーら、赤信号を気にしなかったからだよって、せせら笑うつもりだったの?」

そんなはずない。姉は、エリートらしい身勝手さはあるけれど、わたしには優しい。わたしはそう言いたかった。けれど、返ってきたのは深いため息だった。

「そんなこと、あるはずないでしょう」

「えっ?」

優佳は、右手人差し指で鼻の頭をこすった。男の子が見たらどきりとするような、可愛らしい仕草だ。

「いい? お姉さんが後悔したのは、言い伝えを知っていながら軽視したからでしょう。言い伝えを知っていたからこそ、そういえば赤信号ばかりだったと思い出すことができる。でも上杉さんは、言い伝え自体を知らない。もし不合格になったとしても、受験直前に自分が赤信号に引っかかっていたかなんて、思い出しようがない。だって、まったく気にしていなかったんだから。つまり、お姉さんが後で笑ってやろうと考えていたら、むしろ言い伝えを教えるはず。受験前に赤信号を気にさせておかなければ、意味がないから。そうじゃないと、つじつまが合わないよ」

「えっ？　えっ？」

　わたしは頭が混乱してきた。優佳は、わたしの合格を願っていたのなら、姉はわたしに言い伝えを教えるはずだと言った。そして今度は、不合格を嘲笑《あざわら》おうとしたのなら、わたしに言い伝えを教えるはずだと言う。それでは、どちらにしても言い伝えを教えることになるではないか。優佳の発言自体に、つじつまが合わないところがある。わたしがそれを指摘すると、優佳はまたため息をついた。

「そうなのよ。変でしょ？」

　変でしょ、で終わらせられても困る。それこそ気になってしまって、勉学に集中できないではないか。不満が顔に出ていたのだろう。安心してと言いたげに、優佳は深くうなずいてみせた。

「どっちに転んでも、変。だったら、前提を疑おうよ。この場合の前提は、お姉さんが、赤信号の言い伝えに引っかかったってこと――」

「ええっ？」

　暗くなったにもかかわらず、素《す》っ頓狂《とんきょう》な声を出してしまった。優佳はいったい、何を言い出すのか。

「想像だけど」

　優佳はその知的な瞳を正面に向けた。

「この言い伝えは、たぶん大昔に受験に失敗した生徒が、戯《たわむ》れに言い出したことなんだと思う。落ちたのは自分のせいじゃない。赤信号のせいなんだと。もちろん本気で信じる人はいない。それでもみんなに無視されて消え去らなかったのは、不合格だった人間が責任転嫁《てんか》して、心の安寧《あんねい》を得るための装置として機能したから。元々合否のライン上にあった生徒は、いわば合格と不合格の天秤《てんびん》が釣り合ったような状態。そこに赤信号が、不合格の側に藁《わら》を一本載《の》せてしまった。だから落ちたんだと、言い伝えにすがりつきやすい。実害がないから、先生たちも放っておいた。そんなわけで言い伝えは、消え去ることもなく、かといって実体を持つわけでもなく、なんとなく高校に存在し続けていた」

まるで見てきたように話すけれど、決して大嘘ではないことは、理解できた。ついこの間まで受験生だったわたしは、受験直前の不安感をよく憶《おぼ》えている。仮に不合格になっていたら、わたしも同じようにすがりついたかもしれない。

「ここで、お姉さんが登場する。お姉さんは、今までの体験者と違って、合格間違いなしといわれていた優等生。お姉さんの心情を、考えてみようよ」

優佳が、またこちらを向いた。

「お姉さんが大学に落ちたとき、自分が言い伝えのパターンにはまってしまったなんて、本気で信じていたと思う？」

問われて、わたしは姉の姿を思い浮かべる。優秀で、プライドが高い姉。わたしは首を振った。

「ないね。自分の失敗を他人のせいにしてるみたいだし。しかも、超常現象みたいな言い伝えに責任を押しつけるなんて。そんな恰好悪いことを、あのお姉ちゃんがするはずがないよ」

わたしの回答は、優佳を満足させたらしい。笑顔を見せた。

「わたしもそう思う。でも、実際にはそんな話ができあがっている。想像だけど、こんな感じじゃないかな。不合格だったとき、合否のライン上にいた生徒よりも、合格間違いなしといわれていた生徒の方が、精神的なダメージは大きい気がする。お姉さんは、言い伝えなんて、これっぽっちも信じていなかった。だから、毎日の信号機の色なんて、気にもしていなかった。たぶん、赤信号に引っかかってばかりだったなんて事実はなかった。でも、動揺した精神状態だと、都合の悪い記憶しか甦《よみがえ》ってこない。精神的に弱ってしまったお姉さんは、誰かに問われて、つい漏《も》らしてしまったんじゃないかな。赤信号ばかりだったと」

「………」

「受験結果が最大の関心事になっている時期に、そんな情報が発せられれば、たちまちの内に広がるでしょう。あの上杉までが落ちたんだから、言い伝えは本物だったんだと、発信者の制御が利《き》かないほど盛り上がっても、おかしくない」

優佳は人差し指をぴんと伸ばした。

「お姉さんの心情に戻るよ。お姉さんは、自分が言い伝えに責任転嫁したなんて、絶対に思われたくなかったはず。それなのに、学校全体でそんな話になってしまった。どうしてお姉さんは否定しなかったのかな」

「それは——」

その問題なら、答えられる。

「恥の上塗りになると考えたんじゃない。人は、誰かがムキになって否定すると、ますます真実だと考えてしまうから」

優佳は、曖昧《あいまい》にうなずいた。

「そうかもしれない。あるいは自分は卒業していなくなるのだから、自分のいないところでどのような噂が流れようが、知ったこっちゃないと考えたのかもしれない。でも、自分がいなくなった後にも不名誉な噂だけが延々と残るのは、プライドの高い人間には、耐え難いことでしょう。ましてや、学校の歴史を変えたとまで言われたらね。それでも、お姉さんは訂正しなかった。わたしは、そこにお姉さんの意志を感じるの。上杉さんが指摘したような消極的なものじゃなくて、もっと積極的な意志を」

「積極的な、意志……」

それはいったい何だろう。しかし優佳はそれを説明することなく、話題を変えた。

「お姉さんが落ちてしまった理由。それはわからない。試験は水物、としかいえないのかもしれない。自分以外の誰も責めることはできないことは、お姉さんにはよくわかっていた。でも、今まで自分が積み上げてきたものがガラガラと崩《くず》れるのを目《ま》の当たりにして、正面から受け止めることは、やっぱりできなかった。わたしたちより年上とはいえ、しょせん未成年だからね。お姉さんは、無意識のうちに責任転嫁する相手を探した。それは決して、へんてこな言い伝えなんかじゃない。一度はぽろりと口にしてしまったけれど、本気じゃなかった。お姉さんに必要なのは、形のないものじゃなかった。もっと具体的な相手を必要としていた。そして、お姉さんは相手を持っていた」

そこまで言われれば、わたしにも想像がつく。

「担任の先生ね」

優佳は難しい顔をして首肯した。

「お姉さんは、以前から先生にくってかかっていた。詳しい状況は知らないけれど、担任と深い信頼関係にあったとは思えない。先生だって、文句ばかり言う生徒を、無条件で慈《いつく》しむはずがない。二人の間には、深い溝があったと想像できるよね。生徒の側が受験に失敗したら、責任転嫁の相手は先生しかいない。そして、先生の側が決定的なダメを押した」

「おまえが落ちたのは、赤信号のせいだ。あまり自分を責めるな……」

わたしは答えを口にした。

「お姉ちゃんの立場からすれば、それこそ責任転嫁だね。おまえがきちんと指導しなかったから受験に失敗したのに、それを今まで気にも留めなかった言い伝えの責任にするなんて、と」

優佳はいったんうなずいて、次に首を振った。

「決して、お姉さんの一方的な決めつけじゃなかったかもしれないね。一流大学に生徒を進学させることが、特進クラスの存在意義なんだから。合格間違いなしといわれた生徒を落としてしまったら、担任の先生が学校側から責められることは、容易に想像がつく。先生もまた、誰かに責任転嫁したかった。

もちろん生徒には押しつけられない。その生徒を合格させるのが仕事なんだから。先生は大人であるが故に、曖昧模糊《もこ》とした言い伝えにすがらざるを得なかった。そういうことなんじゃないかな」

しゃべりながらも、わたしたちは坂道を下っていく。まもなく問題の信号が見えてくる。

「担任の先生に責任転嫁したとはいえ、受験の失敗は、個人的な問題に過ぎない。それなのに言い伝えが実体化するための触媒《しょくばい》になってしまった。先生も生徒も、実体化した言い伝えに振り回されている。抜群の頭脳を持つお姉さんには、それが滑稽《こっけい》で醜悪《しゅうあく》なものと映ったんじゃないかな。普通なら、愚民どもが踊らされているのなんて、放置しておけばいい。でも今回に限っては、彼らが囲む祭壇のてっぺんに、自分の像がある。お姉さんには耐えられなかった。かといってムキになって否定すると、上杉さんが指摘したように、かえって真実と思われてしまう。そこでお姉さんは、手を打った。まず最初にやったことは、妹である上杉さんに、言い伝えを教えないこと」

「ええっ！」

優佳の思考法にようやく慣れたと思っていたのに、また叫んでしまった。慌てて周囲を見回す。誰もいなくてよかった。

優佳は、さも当然のように続ける。

「だって、お姉さんこそ、言い伝えを全く信じていないんだよ。信じていないのに、おまじないもお守りもあったもんじゃないでしょ。妹には、そんなものに振り回されることなく、まっとうに受験して、まっとうに合格してほしい。そう考えたからこそ、何も言わなかったの」

わたしはぽかんと口を開けた。

「お姉ちゃんがわたしに言わなかったのは、そんなごく当たり前のことが理由だったの？」

優佳は、姉が何か重大な秘密を持って、わたしに伏せていたように言っていたはずだ。それなのに、この竜頭蛇尾《りゅうとうだび》さは、何なんだ？

しかし優佳はしれっとして答える。

「そりゃあ、そうよ。お姉さんが言い伝えを本気で信じているという前提なら不思議に見えるけれど、信じていないのなら、当たり前のことでしょう。お姉さんは、上杉さんが合格した後にも、言い伝えを気にするなって念を押したんでしょ？　お姉さんは上杉さんに対しては、首尾一貫している。不思議なところなんて、何もない」

優佳の言うとおりだった。それでも引っかかるところがある。わたしに対しては、と条件付きで説明した箇所だ。わたしが指摘すると、優佳は舌を出した。

「さすが上杉さん。ばれちゃったか。お姉さんは、気にするなと言いながら、この言い伝えを同級生たちに広めろって言ったんだよね。ここには矛盾《むじゅん》がある。自分は信じていないのに、広めるのは積極的に推進している。お姉さんの心情をトレースしたら、許せるはずがないのに。お姉さんは、なぜそんなことをしたんだろうね」

優佳がわたしの腕をつかんだ。

「考えてほしいの。言い伝えも、お姉さんの心情も、担任の先生の心情も一切忘れて。その上で、お姉さんが不合格になった前後で、学校の何が変わったのか」

思い当たることは、ひとつしかない。

「歩行者用信号が点滅していたら、生徒はダッシュして渡ろうとするようになった……」

優佳は悲しげにうなずいた。

「もちろん、いけないことだよね。それに、点滅でダッシュすることに慣れてしまえば、次は赤信号でもダッシュしてしまうでしょう。新入生にだって、上杉さんが広めるんだから、同じことをする。高校の全校生徒が実践すれば、いつかは起こるよね。妹である上杉さんだけは、お姉さんの言いつけを守っていれば、逃れられること――」

交差点が見えてきた。暗くなっているから、信号機の発する光がよく見える。歩行者用の青信号が点滅して、赤になった。次の瞬間、横断歩道で影が動いた気がした。優佳の顔が強張《こわば》る。

耳障《みみざわ》りなブレーキの音が響いた。

「いけないっ！」

言うなり、優佳が下り坂を駆け下りた。わたしも続く。あっという間に交差点にたどり着いた。交差点では自動車が停車しており、その鼻っ面に、わたしたちと同じ制服を着た女の子が座り込んでいた。優佳が駆け寄る。

「あなた、大丈夫？」

自動車のヘッドライトに照らされて能面のようだった女の子は、優佳を見て人間に戻った。優佳に抱きついて、大声で泣き出したのだ。わたしは少し安心する。元気に泣けるくらいなら、怪我はないのだろう。

「お、俺のせいじゃないっ！」

背広姿の男性が叫んでいた。

「こいつが赤信号なのに飛び出したんだ！　それでも俺はちゃんと停まったぞ。轢《ひ》いてなんかないっ！　全部こいつのせいなんだっ！」

いい大人が、女子高生をなじっている。醜《みにく》かった。わたしはもう一度女の子を観察して、怪我がないことを確認してから、「いいから、もう行って」と告げた。追い払うような響きがあったかもしれない。男性は不満そうな、ホッとしたような表情を浮かべて、自動車に乗って立ち去った。

優佳は女の子を抱きしめながら、こちらを見た。

「わかったでしょ？」

言われるまでもない。

わたしは恐怖と感動と羞恥《しゅうち》を、同時に味わっていた。

姉は、学校や生徒が妙な言い伝えに振り回されていることが、我慢できなかった。しかし、一度起こってしまった騒ぎは、いち個人の意志で止めることはできない。だったら、ショック療法で止めようと思ったのだ。ショック療法。それはつまり、赤信号でダッシュする生徒の一人が、交差点で車にはねられること。生徒が交通事故に遭《あ》ってしまえば、さすがに学校側も目が覚めると考えたのだろう。同時に、言い伝えを信じればこうなることがわかっていながら放置した、当時の担任の責任も問えることになる。わたしの姉は、生徒一人と教師一人を犠牲にして、学校全体を本来あるべき姿に戻そうとしたのだ。

構想は立派だ。しかしわたしは恐怖していた。姉は、後輩の生徒が事故に遭うことを容認したのだ。死ぬか、大怪我をするか。今晩、交差点で女の子が無事だったのは、僥倖《ぎょうこう》に過ぎない。プライドが高く身勝手な姉は、事故に遭った生徒が、その後の人生にどれほどの影響を与えられるのか、想像できなかったのだ。

しかし同時に、わたしは感動もしていた。優佳は、姉に会ったことがない。その担任教師にも。それなのに、わたしのいい加減な話を聞いただけで、その背後に潜む策略を、見事に見抜いてしまったのだ。

公立中学校からやってきた、同級生。試験の成績でいえば、わたしと同等か、あるいは碩徳の設問の癖に慣れているわたしの方が上かもしれない。けれど大切なのは、そんなことではないのだ。姉から言い伝えについて聞いたとき、わたしは何の疑問も抱かなかった。それどころか、姉の意図を酌《く》むことなく、他の生徒と同様、点滅信号をダッシュしていた。

しかし優佳は違った。彼女は一見何もないように見える物事から、問題そのものを見つけ出し、解答を導くことができた。わたしたちは理数系だ。今は、まだ与えられた問題を解くことに集中していい。しかし将来大学で研究を始めたときには、自分で研究テーマを見つけなければならない。そのときに、ただ試験勉強だけできる自分と、みずからテーマを見つけられる優佳。どちらが研究者として優秀なのか、考えるまでもなかった。

わたしは、あらためて優佳を見た。女の子――上級生だろう――を抱きしめる優佳は、ずいぶんと大人に見えた。今までは年下に見えたものだけれど。

年下に見えていた理由も、今は理解している。要は、上から目線だったのだ。中等部から進学したわたしは、いわば本流意識があった。公立中学校から入ってきた優佳は、傍流《ぼうりゅう》。そんな偏見があった。年下に見えたのは、決して彼女の外見が理由ではなかったのだ。

今は違う。優佳は今、わたしを圧倒している。わたし自身の心に、その自覚がある。その自覚こそが、彼女を大人に見せているのだろう。

わたしは恥じ入っていた。そして、猛烈に優佳に惹《ひ》かれる自分を意識していた。ほんのわずかな情報から、背後に隠された大きな真実を見つけられる少女。今はダメだ。彼女にはかなわない。

でも、卒業までには、彼女に追いつきたい。そして追い越したい。そう考える自分が、確かに存在していた。

しかしそれは、決して敵対心ではない。わたしは、優佳が好きだ。彼女と友だちになれて、本当によかったと思う。わたしたちの友情が濃くなればなるほど、わたしは彼女に挑戦できる。そんな気がした。

「立てる？」

優佳が優しく語りかけ、泣いていた女の子は、優佳に肩を支えられながらも立ち上がった。ゆっくりと交差点を渡る。女の子は礼を言って、駅に向かって歩いていった。

優佳は学生鞄《かばん》を握りなおした。

「とりあえず、怪我がなくてよかったね」

優佳は微笑んだ。思わずどきりとする。そこいらの男どもなら、これだけで骨抜きになってしまうほどの笑顔。いや、男だけではない。わたしもまた、魅了されていた。

わたしは優佳の手を握った。やや硬いものの、負けないほどの笑顔を作る。

「帰ろっか」

夏休み

「ありゃりゃ」

人の顔を見るなり、碓氷優佳がへんてこな声を出した。

「真っ黒じゃんか」

わたし――上杉小春は、自らの頬を両手で押さえた。というか、隠した。「言わないで」

九月一日。夏休みが終わって、今日から二学期だ。といっても「ああ、とうとう夏休みが終わってしまった。かったるいなあ」とはならない。私立碩徳横浜女子高等学校の特進クラスなどに在籍していると、ほとんど毎日予備校の夏期講習に通わされる。夏休みだからといって、遊んでばかりいたわけではない。

それでも級友たちとは久しぶりに会うから、お喋りしたくてうずうずしている。そして優佳が発見した話のネタが、わたしの日焼けだったというわけだ。

「どっか行ったの？」

優佳の質問に、わたしは素直にうなずく。

「うん。お盆に、おじいちゃんのところに帰省」

「どこ？」

「高知。海の近くだから、海水浴に行ったら――」

「こんがり」

「そうなの」

わたしは頭を抱えた。

「うう。毎年のことなんだから、そろそろ学習しないといけないのに」

「健康的でいいじゃない。小春にはよく似合ってるよ」

優佳一流の気遣いが出た。しかしわたしは感動したりせず、級友を上目遣いで睨《にら》んだ。

「そういう優佳は、真っ白じゃんか。夏休み中ずっと幽閉《ゆうへい》されて、勉強させられていたんじゃないの？」

　優佳はぱたぱたと手を振った。

「まさか。人並みに遊んでたよ。日焼け対策が万全だっただけ。うちのお姉ちゃんが、そういうことにうるさくてね」

「そうなんだ」

　人間は、子供時代の環境に大きく左右される。子供が環境に関係なく自らの強い意志で成長できたら、苦労はしない。だから特進クラスの生徒は、きっちり勉強させる家庭環境にある。中には変わり種もいるけれど、基本的には努力できる環境があったということだろう。

　どうやらそれは、勉学だけでなく日焼けにもいえることらしい。残念ながら上杉家は、子供の日焼けを気にしない方針なのだ。今は健康的に見えるだろうけれど、将来、わたしと優佳のどちらが肌が綺麗かを考えると、残暑厳しい折なのに悪寒《おかん》が走る。

「おやあ。うすうすってば、真っ白だねえ」

　横から声がかかった。見ると、同級生の東海林奈《しょうじな》美絵《みえ》が立っていた。クラスでも、比較的仲のよい友人だ。

　奈美絵は、元々細い目を糸のようにしていた。笑顔になると、必ずこうなる。

「ひょっとして、夏休み中ずっと幽閉されて、勉強させられてた？」

　わたしと優佳は一斉《いっせい》にうなだれた。

「それは、もう言った」

　わたしがコメントしたものの、冷たさが足りなかったようだ。奈美絵は気にすることなく、また口を開く。

「謙信《けんしん》の方は、かなり焼け焦げてるね。家が火事にでもなった？」

　二人でまたうなだれる。オヤジか、こいつは。

　始業式までには、まだ時間がある。奈美絵は、まだ登校していない生徒の席に横座りした。本来の主が来たら、すぐ立てるようにするためだろう。

「冗談はともかくとして、うすうすは本当にどこにも遊びに行かなかったの？」

「そんなことないよ」

優佳はまた手を振った。ちなみにクラスでは、優佳のニックネームは「うすうす」で定着している。姓が碓氷だから、かなり安易なネーミングといっていいだろう。もっとも上杉姓のわたしが「謙信」と呼ばれているのも、安易さでは負けていない。成績優秀者が集う特進クラスだからといって、ネーミングセンスが特別優れているわけではないのだ。

ちなみに奈美絵は、「ショージ」と呼ばれている。姓の呼び捨てである「しょうじ」ではなく、あくまで「ショージ」だ。

「きっちり遊んでたよ。いちばん大きかったのは、夏フェスかな」

「なつふぇす？」

奈美絵――ショージとハモってしまった。言葉の意味がわからない。優佳は指先で自分の頬を掻いた。

「夏の野外音楽フェスティバルのこと。広い会場で、バンドが何組も演奏をやるんだ。すごい人出で、楽しかったな」

「ああーっ、不良だっ！」

ショージが悲鳴のような声を出す。「コンサートに行くなんてっ」

確かに校則には、コンサートは保護者同伴と定められている。しかし優佳が動じた気配はない。

「保護者同伴だよ。お姉ちゃんと行ったんだから」

「お姉さんと？」

先ほど話題に出た、日焼けにうるさい人か。わたしは会ったことがないけれど、確か大学生だったと記憶している。

「うん。お姉ちゃん、大学で軽音楽サークルに入っているの。それで、連れて行ってくれたんだ」

「いいなあ。そんな楽しいことがあって」

わたしは机に突っ伏した。

「こっちは、従兄弟のガキどもと海水浴だよ。ああ、せっかくの夏休みだったのに、青春っぽいことが、全然できなかった」

ショージが大げさにため息をつく。

「青春っぽいって、謙信も古いねえ」

あんたに言われたくない。

「でも、うすうすとロックバンドって、似合わないなあ」

それは同感だ。クラシックとまではいわなくても、優佳のキャラクターを考えたら、もっと静かな音楽を好みそうな気がする。とすると、せがんで連れて行ってもらったというより、姉に誘われたから、これも経験だと思って同行しただけなのかもしれない。

しかしショージの想像力は、わたしの一歩先を行っていた。

「ひょっとして、バンドじゃなくて、他の目的があったとか？」

「えっ？」

問い返したのは、優佳でなくてわたしだった。

「それって？」

ショージはククククッと鳩《はと》のような声で笑う。

「夏フェスというよりは、同行者が大事だったんじゃないの？」

なるほど。ようやくショージの言いたいことがわかった。ロックバンドに興味のない優佳が姉の誘いに乗ったのは、同行するメンバーに、気になる男子がいたんじゃないかと疑っているのだ。

まさか、優佳に限ってそんなことはないだろう。

「でしょ？」と言う代わりに優佳を見た。しかし次の瞬間、わたしは固まってしまった。

優佳が、みるみるうちに赤くなっていたからだ。

「いや、残念ながら、そんなことは、なかったなあ」

素早く立て直したとはいえ、しょせんは高校一年生。図星を指されたことを隠しきれていない。

しかし動揺ならば、こちらも負けていなかった。まさか、まさか優佳に彼氏ができたのか？

「おやあ？」

らしくない応対に、ショージが食いついた。

「やっぱり不良だ。うちの学校、男女交際禁止だぞ」

「だから、違うって」

ここでムキになって否定すると、ますます怪《あや》しくなることがわかっているのだろう。優佳の口調は通常モードに戻っていた。

「そんな、楽しい展開はありませんでした。お姉ちゃんのサークルの人が一緒で、その中に男の人がいたのは本当だけどね。他人のことより、ショージはどうだったのよ」

「あるわけがない」

ショージは満面の笑みで首を振った。

「期末が惨憺《さんたん》たる成績だったから、ずっと予備校の夏期講習だったよ。アトランタオリンピックも満足に観られなかったのに、出会いもへったくれも、あったもんじゃない。この東海林奈美絵、校則に違反するようなことは、いたしません！」

今どきの高校生が、どうやってへったくれなんて言葉を憶えたんだろう。そう思う間もなく、ショージが話を続けた。

「でも、せめて男の人と一緒に勉強できたらよかったのに」

「それじゃあ、気が散って勉強にならないでしょ」

優佳が突っ込み、笑いが起きた。まるでそれがきっかけになったように、予鈴が鳴った。

「始業式だ。体育館に行かないと」

ショージが席を立って、自分の席に戻っていった。始業式では、校長先生の講話がある。メモを取るための手帳を持っていくためだろう。

残されたわたしと優佳は、顔を見合わせた。

「――怪しくない?」

「うん。怪しい」

どうやら、わたしと同じことを考えていたようだ。優佳が答えを言った。

「どうしてショージは、何もなかったことを、満面の笑みで言ったのかな?」


「あの子は、天才肌だから」

下校時刻。わたしと優佳は学校から駅までの坂を下っていた。部活動に熱心でない碩徳横浜は、始業式の日には部活動がないのだ。

学校を出てしまえば、校内で話しにくい内容について語ることができる。校門を出てからのわたしの第一声が、その科白《せりふ》だった。

「頭の出来がすごくよくて、興味のある科目は、抜群にいいんだよね。数学とか、物理とか。でも興味のない古文や歴史は、どうしようもない」

「確かに、勉強していた様子はなかったよね」

優佳がコメントした。

ショージの両親は、いい学校に進学させるために、無理やり勉強させるタイプではなかったらしい。それでも優れた頭脳を持って生まれたためか、彼女は特進クラスへ進学することができた。勉強できる環境で研鑽《けんさん》を積み重ねてきた生徒たちの中でも、変わり種といっていいだろう。

「中学までは、それでもなんとかなってたんだけどね。高校になると、さすがに才能だけでは通用しない。理系科目だけならトップクラスなのに、文系科目で赤点。期末試験は結局、二十八番だったんじゃなかったっけ」

特進理系クラスは、三十二人で構成されている。そのうちの二十八位だから、最下位グループといっていい。

特進クラスへの進学が努力ではなく、持って生まれた才能によるものだと、本人がどれだけ自覚していたのかはわからない。しかし現実は残酷《ざんこく》だ。一年の一学期で、いきなり壁に突き当たった。生まれて初めての赤点は、さすがにショックだったらしい。本人だけでなく、両親にも。その結果、苦手科目を克服すべく、科目別の夏期講習に明け暮れたというのが、ショージの夏休みだった、はずだ。

「それなのに、満面の笑み」

優佳が難しい顔をする。

「苦手科目は、ショージの場合、イコール嫌いな科目だよ。興味のない科目といってもいい。そんなものを夏休み中やらされてて、楽しいはずがない。どうして笑っていられるのかな」

「そして、唐突で不自然な科白。『せめて男の人と一緒に勉強できたらよかったのに』なんてさ。余計なひと言だよね。『出会いもへったくれも、あったもんじゃない』で終わってれば、こっちも怪しまなかったのに」

優佳がくすりと笑う。

「ということは、事実は逆ってことか。夏期講習で、男の人と一緒に勉強したんだろうね」

「なんだ。出会いがあったんじゃん」

わたしは天を仰《あお》いだ。

「予備校の夏期講習だったら、たぶん他校の男子生徒だな。しかも同じ内容を習ってるということは、同級生か」

優佳がわたしの肩を叩いた。

「たぶん、じゃないよ。うちは女子校なんだから、他校に決まってるでしょ」

しまった。バカなことを口走ってしまった。ショージに彼氏ができたなどという、衝撃的な話を聞いてしまったからだ。

クラスメートに責任転嫁しながらも、わたしは今日聞いた、もうひとつの衝撃的事実を思い出していた。

「ねえ、優佳」

友人たちは彼女のことをうすうすと呼ぶけれど、わたしは優佳と呼んでいる。優佳も同様で、わたしのことを小春と呼んでくれる。わたしたちの年代では、よほど親しくなければ、同級生を名前で呼んだりしない。名字か、あだ名だ。

「なに？」

「優佳も、彼ができたの？」

　わたしにとっては、重大な問題だった。せっかく仲良くなったのに、男なんてできたら、遊んでくれなくなるではないか。

　しかし優佳は、素っ気なく首を振った。

「そんなことないよ」

　わたしは疑《うたぐ》り深そうに、彼女の目を覗きこんだ。

「本当に？」

「うん」

　その回答に迷いや嘘はなかったけれど、どこか寂しそうだった。

「夏フェスのとき、お姉ちゃんのサークルに、すごく素敵な人がいただけ」

「だから、それが彼じゃないの？」

「違うって」

　優佳は言下《げんか》に否定した。

「だって、大学生だよ。ずっと年上なんだから。わたしみたいな子供、ハナから相手にならないよ」

「………」

　なんとなく理解できた。大学生とやらは、優佳にとって単なる「素敵な人」ではない。それ以上の感情を、彼女は抱いている。けれど年上の男性を相手に、自分からアプローチすることができなかった。相手から言い寄ってこないかぎり、優佳には何もできなかったのだろう。優佳は極めて優秀な人間ではあるけれど、恋愛については奥手のようだ。まあ、中学校から女子校通いのわたしも、人のことはいえないけれど。

　ともかく、安心した。友だちの恋が実らなかったことに安心するなんて、我ながらひどいとは思う。けれど自分でもどうしようもない。

　わたしは優佳の肩を叩き返した。

「でも、まだ終わったわけじゃないんでしょ？　それとも、その人には、もう彼女がいるの？」

　優佳は瞬《まばた》きをした。

「いや、そうは聞いていないけど……」

「じゃあ、まだチャンスは残っているじゃんか。ファイト、ファイト！」

　優佳は戸惑ったようにうなずく。

「う、うん」

　我ながら矛盾しているとは思う。優佳に恋人ができてなかったことに安心しているのに、彼女をあおるようなことを言っているのだから。けれど、どちらもわたしの本音だった。

「でもね。彼氏ができても、ばれないようにしてよ。うちの学校、男女交際禁止なんだから。デートの現場を押さえられたら、状況によっては停学になるんだからね。ましてや、妊娠なんてしたら、問答無用で退学だし」

「えーっ、そうなの？」

「うん。うちの姉貴殿が在学中に、そんなことがあったみたい。でも、みんなうまくやってるみたいだよ。いくら男女交際禁止のお嬢様学校っていっても、彼氏持ちは大勢いるんだから。さすがに妊娠する子は、滅多にいないけど」

「そんなに頻繁《ひんぱん》にあったら、たまったものじゃない」

　優佳が言い、二人で笑った。

「妊娠はともかくとして、優佳なら彼ができたとしても、成績の心配をしなくていいから気が楽だわ」

　含みのあるわたしの言葉に、優佳が反応した。

「それは、ショージのことを言ってるの？」

「うん。さっき、優佳も言ってたじゃんか。男の人と二人でなんて、気が散って勉強できないって。せっかく夏期講習にまで行ったのに、成績に結びつかないなら意味ないよ」

「そうね」

　同意しながらも、優佳は遠い目をした。そしてぽつりとつぶやく。

「でも、ショージに関しては、心配しなくていいかもね」

よくわからない言葉だった。どうして優佳は、心配しなくていいというのだろう。ショージもまた、中学校から碩徳にいる。男性に対する免疫は、わたしと大差ない。彼氏なんてできたら、一緒にいなくても勉強に手がつかなくなる可能性は、かなり高いのに。

優佳の予想が当たっていたことが証明されたのは、十月の二学期中間試験だった。

ショージの順位が、二十八位から十位にジャンプアップしたのだ。

「このーっ」

昼休み。お弁当を食べ終えたわたしは、ショージにヘッドロックをかけながら言った。

「どうやったんだ。いったい」

「ふふん」

ヘッドロックから逃れ、乱れた髪を直しながら、ショージは偉そうに笑った。

「ちょっと本気になれば、こんなものよ。つっても、あんたたちにはまだ追いつけなかったけどね」

二学期の中間試験では、優佳が六位で、わたしが八位だった。上には上がいるもので、優佳でもクラストップを取ったことがない。わたしも同様だ。いつもベストテンの中をうろうろしている。だから今回十位に入ったショージは、わたしたちに肉薄《にくはく》してきたといえた。

「やっぱり、夏期講習の成果なの？」

横から優佳が言った。ショージは胸を張る。

「もちろん。頑張ったんだから」

残念ながら、華奢《きゃしゃ》なショージが胸を張っても、乳房は強調されない。もっとも、彼女の胸のサイズを気にする人間は、この敷地内に一人もいない。

わたしは大げさに声を潜めた。

「愛の力でしょ」

　途端に、ショージの顔が強張った。周囲を窺《うかが》う。教師の姿が見えないことを確認してから、やはり小声で返してきた。

「どうして、そんなこと言うの？」

「ふふん」

　今度はわたしが偉そうにした。

「夏期講習で知り合ったんでしょ。見当はついてるんだから」

「え、えっと……」

　助けを求めるように、優佳を見た。しかし優佳はただ笑うだけだ。

　わたしはショージの袖《そで》をつかんで引っ張った。

「こら、白状しろ。彼氏、いるんでしょ？」

「……うん」

　しつこい追及に根負けしたふうを装いながらも、嫌そうではなかった。むしろ、嬉しそうだ。

「うわぁお」

　まるでアメリカ人のような声を上げてしまった。

「やっぱり、夏休みから一緒に勉強してたんだ」

「実は」

「でも、あのときは否定してたじゃんかよ」

　非難がましい目を彼氏持ちに向ける。もちろん本気ではない。

「そりゃあ、そうでしょ」

　ショージは余裕たっぷりの口調で答えた。

「彼氏ができたから成績が落ちたって言われるのは嫌じゃんか。だから黙っていて、成績が上がったから公表したんだよ」

「なるほど」妙に納得させられてしまった。「やるな、おぬし」

「まあ、そのくらいのことは考えるよ」

「それで、どこの学校の子？」

　当然の質問だったけれど、ショージはすぐに答えなかった。細い目を、少しだけ大きくする。しかし次の瞬間、にやにやしながら首を振った。

「そいつは、言えねえなあ」

「ええーっ。なんで?」

「言うと、個人を特定される危険があるから」

「何が危険なのよ」

「内緒」

「ひょっとしたら」

　優佳が口を挟んだ。

「見つかったら停学になるところでデートしてる、と」

　ショージが赤くなった。しかし口に出しては否定した。

「そんなわけ、ないでしょ。真面目に勉強しているだけなんだから」

　わたしは口笛を吹く真似をした。どうやらショージには、相手の学校名を明かす気はなさそうだ。ひょっとしたら、相手の学校の近くでデートしているのかもしれない。

　場の盛り上がりを消したくないわたしは、話を進めた。

「じゃあ、二人で勉強しても、気が散らなかったんだ」

「そんなヤワじゃないよ。謙信とは違うんだから」

「言ったなーっ、このーっ」

　またヘッドロックをかける。ショージが「きゃあ」と華やいだ声を上げた。

　横から咳払《せきばら》いが聞こえた。見ると、学級委員長の岬《みさき》ひなのが立っていた。

「男の話もいいけど、学園祭の話もしていいかい? あんたたち、模擬店はどうする?」

　部活動に熱心でない碩徳横浜だが、学園祭はきっちりやる。ただし、誰でも自由に入れるわけではない。お嬢様学校の学園祭だから、盗撮や体操服の盗難など、胡乱《うろん》な目的の輩《やから》をシャットアウトするためだ。入場にはチケットが必要で、生徒たちの家族や卒業生、教育関係者、それから自分の子供を碩徳横浜に通わせたいと考えている小中学生の両親に配付される。基本的に、身元のしっかりした人間しか、校内に入ることはできない。

学園祭では、演劇や文化系サークルの展示、それから模擬店などが開かれる。特進理系の一年は、毎年おしるこ屋とたい焼き屋の模擬店を出す伝統があると聞いていた。

わたしはひなのに向かって、手刀を立てて見せた。

「ごめん。スカッシュ部は全員で演劇をするんだ。だからクラスの模擬店は不参加」

ひなのは眉間《みけん》にしわを寄せたが、口に出して文句は言わなかった。

「演目は、何なの?」

「『真夏の夜の夢』」

「へえ。面白そうじゃない。うすうすは?」

優佳は小さく手を挙げた。

「わたしは、たい焼き屋にする」

ひなのはうなずいて、コピー用紙に鉛筆を走らせた。

「うすうすはたい焼き、と。ショージは?」

「じゃあ、わたしはおしるこにするよ」

「オッケー。じゃあ、ショージは一緒に来てくれる? 今からおしるこ屋の打ち合わせがあるの。たい焼き屋の方は、後からサッサから声がかかると思うから」

「了解」

ショージは立ち上がった。そして先ほどの笑顔そのままで「学園祭、楽しみだね」と言い残して、去っていった。

「いいなあ、彼氏持ち」

ショージの後ろ姿を眺めていたら、つい口に出してしまった。優佳が苦笑する。

「確かに、ね」

「優佳の方は、どうなの? それから」

「進展なーし」

ぶんぶんと首を振る。

「ずっと会ってないよ。次に会えるとしたら、大学祭だと思う。でも、演奏会で大変みたいだから、会えるかどうかわかんない」

それでも、具体的な彼氏候補がいるだけ、いいではないか。わたしがそう言うと、優佳は困った顔になった。

「可能性の低い候補なら、いない方がいいかも。まあ、小春も他人の心配をする前に、自分で彼氏を見つけたまえ。学園祭に来ている人に、妖精パックのキュートな姿見せてやれば、男なんていくらでも寄ってくるんじゃない？」

「そんな派手な役をやるのは、三年だよ」

わたしは渋面《じゅうめん》を作る。

「わたしは大道具係なんだから。どうやって男を見つけろっていうのさ」

そこまで言って、ふと気づいたことがあった。

「そういえば、ショージはおしるこ屋を選んだよね」

「うん」

「ほら、おしるこ屋の模擬店では、着物を着るっていうじゃない。ショージは彼氏に着物姿を見せたいんじゃないかな。だからあんなにニコニコして学園祭が楽しみだって言ったのかもよ」

わたしの言葉に、優佳が真剣な顔をした。細い顎《あご》を細い指でつまんで、宙を睨んだ。

「確かに、そうかも」

「くうーっ」わたしは細い身体を着物で包んだショージを想像した。

「いいなあ、彼氏持ちって」

また口に出してしまった。浅ましいようだけれど、本音だった。しかし隣に座る優佳は、簡単に首を振った。

「そんなにうらやましがる必要は、ないと思うよ」

「えっ？」

優佳は、ショージが出て行った教室のドアを見つめて、言葉を続けた。

「たぶん、そんなに遠くないうちに、別れると思うから」

「ええっ？」

思わず聞き返した。しかし優佳は、それ以上説明するつもりはないようだった。説明どころか、しまったというように顔をしかめた。優佳ともあろうものが、心に留めておくべき話を、つい口にしてしまったのかもしれない。

わたしはといえば、突っ込むことすらできなかった。ただ呆気《あっけ》にとられていた。

ショージが、彼氏と別れるだって？　それも、そんなに遠くないうちに？

意味がわからない。いや、意味はわかる。でも、根拠がわからない。

「うすうすーっ！」

大声がわたしの思考を遮《さえぎ》った。サッサこと佐々《さ さ》温子《あつ こ》が、優佳に向かって突進してきたからだ。

「たい焼きの打ち合わせ、やるぜーっ」

「オッケー」

優佳は立ち上がって、サッサと一緒にわたしから離れていった。わたしは宙ぶらりんのまま、一人取り残された。いったい、なんなんだ。

わたしがすべてを理解するには、二学期の終わりまで待たなければならなかった。期末試験でわたしたちと完全に肩を並べたショージが、真っ赤に泣き腫《は》らした目で登校してきたのだ。

それだけではない。悄然《しょうぜん》としたショージを見て、優佳が安心したような表情を見せてつぶやいた。

「よかった」

「いったい、どういうこと？」

駅近くのファストフード店で、わたしは優佳に詰め寄った。

いくらお嬢様学校といえども、ファストフード店までは入店禁止にはなっていない。中学校は禁止だけど、高校はさすがにそこまで厳しくされていない。もっともゲームセンターや喫茶店は入店禁止で、見つかったら厳重注意だ。

十二月二十四日。世間はクリスマスイブで浮かれている中、わたしたちは女二人で寂しくファストフードだ。けれどわたしは優佳と寂しさを分かち合うつもりはなかった。

優佳がポテトを口に運びながら応える。「どういうことって？」

わたしはチキンナゲットを暴力的に噛《か》んだ。

「ショージのことに、決まってるじゃない」

優佳も、それ以上とぼけようとはしなかった。

「あの子、やっぱり別れたね」

悲しそうな、それでもやっぱり安心したような口調。

優佳の言うとおりだった。ショージは学園祭を楽しみにしていて、学園祭後もニコニコ顔が止まなかったから、てっきり彼氏とはうまくいっていると思いこんでいた。それなのに、泣き腫らした目をしたショージに問うたところ、彼女は小さな声で「ダメになっちゃった」と言ったのだ。

クリスマスを目前にして、別れてしまうなんて。いや、恋人と別れることは、誰にでもある。ショージの身に訪れても、おかしいことは何もない。問題は、結末を優佳が予想していたことなのだ。

「あんた、ショージが別れることを予想してたよね。どうして、そんなこと考えたの？」

これで二度目だ。最初に優佳は、ショージが男とつき合っても成績が落ちないと予想した。予想は当たり、ショージの成績は上がった。そして次には、二人は別れると予想して、これまた的中させてしまった。なぜ優佳は先の展開が読めたのか。優佳はわたしと同じ情報しか持っていないはずだ。それなのになぜ、わたしにわからなくて、優佳にわかったのか。

それだけではない。ショージが彼氏と別れたと知って、優佳は安心した表情で「よかった」と言った。いくらなんでも、ひどい発言ではないだろうか。

まさか優佳は、友人の失恋を喜んだのか？　自分の恋路に未来がないとわかって、他人の恋愛も失敗すればいいと考えたのか？

優佳はすぐに答えなかった。じっとウーロン茶のストローを見つめていた。しかしそれは答えを拒否しているのではなく、説明の手順を考えていただけのようだ。

「うちの学校は、男女交際禁止」

やがて顔を上げると、優佳はそう言った。

「今どき、厳密にいえば人権侵害に当たる校則なのかもしれない。でも、父兄の立場からすれば、文句を言う理由もない。だからそんな大時代的な校則がまかり通っている。でもね」

今度はじっとわたしの顔を見つめた。

「小春に訊きたいんだけど、男女交際の定義って、何？」

「えっ？」

意外な質問に、すぐには答えられなかった。男女交際の定義。そんなこと、考えたこともなかったからだ。

「え、えっと、男と女が、好き合っていること？」

しかし優佳は首を振った。

「そんなの、証明できないよね。心の中で好きになったら校則違反なんて、適用しようがない」

それもそうだ。

「じゃあ、デートしたら？」

「うん。それなら現場を押さえられるから、処罰できそうね。じゃあ、デートの定義は？」

またしても、予想外の質問。懸命に頭を働かせる。

「えっと、元々は待ち合わせ、くらいの意味だよね。そこから二人で一緒に行動すること、でどう？」

　優佳が小さく笑った。

「うん。いい感じ。一般的には、そこから遊びに行くよね。さて、ここからお嬢様学校である碩徳横浜の生徒、上杉小春さんに質問してみましょう。上杉さんが、彼氏とデートに行きました。そして二人でゲームセンターにいるところを、先生に見つかりました。さあ、どうなる？」

「停学でしょ。もちろん」

　それでなくても、ゲームセンターは入店禁止だ。ましてや男と一緒にいたら、停学は間違いのないところだ。わたしがそう言うと、優佳はうなずいた。

「そのとおりね。じゃあ、次。二人で行った先が、ファストフード店だったら？」

　目の前のテーブルを指さす。一方のわたしは腕組みをした。

「どうだろう。ファストフード店自体は、禁止されていない。でも、男とテーブルを挟んで向かい合っていたら、どう見てもデートでしょ。停学になる可能性は低くないと思う」

「うん。じゃあ、次。二人でテニスコートに行って、テニスをしていたら？」

　わたしは答えに詰まった。停学でしょと言いかけて、自分に自信が持てなかったからだ。

「どうだろう。テニスは、スポーツだよね。健全の権化《ごんげ》であるスポーツをやっちゃいけないとは、学校としてはいえないでしょ。でも、男女が二人一緒にいて、しかも間違いなく交流している。でも、スポーツなんだから……、えっと……」

　優佳は無理に回答を求めなかった。その代わり、次の質問をぶつけてきた。

「悩むよね。じゃあ、二人で図書館に行って、一緒に勉強していたら？」

「…………」

　優佳の言いたいことが、何となくわかる気がした。

「ショージは、彼と図書館でデートしていたっていうの?」

　優佳は曖昧に首を振った。

「図書館かどうかはわからないけどね。とにかく勉強できる環境にいたのは間違いないと思う。二人で勉強していたのなら、見つかっても処罰されることはない。だって、学生の本分である勉強をしていたんだから。その正当性は、スポーツの比じゃないでしょ。始業式の日に、ショージが言った科白を憶えてる?『この東海林奈美絵、校則に違反するようなことは、いたしません!』って言ったのよ。確かに、校則違反していないよ」

　賛成できる。でも、納得はできなかった。なぜなら優佳の説明は、疑問に対する解答ではなかったからだ。

「ちょっと。それじゃ、ただのハッピーエンドじゃない。夏休みにショージは彼氏と出会って、一緒に勉強して成績を上げました、以上。これじゃ、別れる理由がないよ」

　わたしの抗議に、優佳は少しだけ責める視線を返してきた。話はまだ終わってないのに、と言いたげに。

「確かに、そうだよね。でも、それじゃ、おかしいと思ったんだ。ひとつは、高校生がお勉強だけで、満足できるとは思えないこと。いくら特進クラスだといっても、勉強のことだけ考えている訳じゃない。相手だって同じこと。別にゲームセンターに行かなくても、勉強以外のお喋りをしたり、手くらいつないで歩きたいでしょうに。でも、勉強に好適な場所では、それができない」

「えっ? それじゃあ優佳は、二人が勉強だけしていることに耐えられなくなって別れたっていうの?」

　なんだか、ものすごい仮説だ。思わず優佳の常識を疑いたくなったけれど、違うようだ。優佳が力のない笑顔になったからだ。

「二学期中勉強だけしていて交際が続いたんなら、

それはそれですごいことだよ」

それもそうだ。

優佳はウーロン茶を飲んだ。可愛らしい唇。すぼめられた頬。わたしは優佳を口説《くど》かない大学生に説教してやりたかった。優佳を彼女にしたら、こんな可愛い顔を毎日見られるんだぞ。

優佳は紙ナプキンで口元を拭いた。話を再開する。

「おかしいと思ったのは、もうひとつ。他校の彼氏ができたとして、一緒に勉強して、成績が上がるものなのかな」

「ええっ?」

彼氏と一緒だろうがどうだろうが、勉強したら成績は上がるだろう。それとも優佳は、気が散って勉強に身が入らない説を、強固に信じているのだろうか。わたしが質問すると、彼女はうなずくことと首を振ることを同時にやった。意外と器用な奴だ。

「それもあると思うよ。でも、わたしが考えたのは、もっと現実的な問題。前にも話題になったけど、彼氏ができるのなら、少なくとも碩徳の生徒じゃないよね。他校の生徒なら、同じ科目でも、教科書もカリキュラムも違うよ。小春、徹底的に現実問題として考えて。高校三年も終わりになって、受験範囲はどこの学校も学び終えた。あとは受験に向けて徹底的に鍛えるだけ——という状況なら、他校の生徒とも一緒に勉強できると思う。でもわたしたちは、まだ一年だよ。予備校の夏期講習の間はいい。同じカリキュラムで勉強するんだから。でも、二学期が始まって、お互いの学校のカリキュラムに戻ったら、学校の偏差値に関係なく、習っているところはバラバラのはず。そんな相手と一緒に勉強できる?」

想像するまでもなかった。できるはずがない。中学校の英語でさえ、教科書によって一般動詞とbe動詞の学ぶ順番が違うのだ。高校になると、その差はもっと大きくなる。お互いの習得範囲がまるで違う以上、一緒にいても勉強になりはしない。独習の方が、まだマシだ。

「わかんないなあ」

飲食店にいるのに、わたしは行儀悪く頭を掻いた。

「ショージは、デートしているところを見咎《みとが》められても、勉強しているからと言い逃れるつもりだった。でも一方では、一緒に勉強なんてしたら、成績アップはとても望めない。でも現実には、ショージの成績はジャンプアップしている。矛盾しているじゃんか」

「そうね」

優佳はあっさりと認めた。気が重そうな雰囲気で。

「矛盾しているってことは、前提の何かが間違っているってこと。わたしたちは、その間違いを見つけなければならない。そしてわたしたちは、もう答えを持っている」

「答えを、持っている」

考えなしに繰り返した。答えなど、持ち合わせていないからだ。優佳は持っているかもしれないけれど、少なくともわたしは持っていない。

優佳は、失望の表情を浮かべなかった。それはわたしに気を遣ったのか、それともわたしにわかるはずがないと考えていたのか。彼女の性格を考えると、前者の方が正しいように思われた。あるいは、前者であってほしかった。

「思い出して。学園祭の準備を始めたとき。ショージは、学園祭が楽しみだって、彼氏の話をしたときと同じ笑顔で言ったでしょ。あの後わたしたちは、彼氏が学園祭に来るから、そこでおしるこ屋の着物を見せたいんだって噂してたじゃないの」

「うん。そうだった」

確かに、そんなことを言っていた。話の流れと、ショージの表情から、ごく自然な結論だと思ったのだ。しかし、それが何だというのか。

淡泊《たんぱく》な反応を見せたわたしに、優佳はがっかりしたようだ。それでも説明はやめなかった。

「いい？　うちの学園祭に来るには、チケットがいるんだよ。変な人が来ないように、学校側が選別してチケットを渡すシステムになっているよね。それなのに、どうして他校の男子生徒が来られるの？　男女交際を禁止している女子校に」

「あっ！」

　他のお客さんもいるのに、思わず叫んでしまった。言われてみたら、そのとおりだ。ショージの彼氏とやらが、うちの学園祭に来られるはずがない。考えてみれば、当然のことだ。

　ではなぜ、わたしは勘違いしたのか。そうだ。直前に、わたしたちは優佳の話をしていた。優佳が憧れている、大学生。優佳が彼と会えるのは、大学祭だと聞いていた。学園祭で彼氏と会えるのは当然のこと。優佳の話からの連想で、自然に思いこんでしまったのだろうか。優佳を見る。優佳は、わたしの思考経路を把握《はあく》しているかのようにうなずいた。

「ここまで考えると、ショージの彼が他校の生徒ではあり得ないことがわかるでしょう。だったら、彼氏とはいったい誰なのか。条件をもう一度挙げてみましょうか。予備校の夏期講習で知り合った。一緒に勉強すれば、学力が上がる。そして、学園祭に来られる――」

　そこまで言われたとき、頭の中で火花が散った。

「ああっ！」

　また叫んでしまったけれど、周囲を気にしているゆとりはない。わたしは思いついた仮説を口にするのに精一杯だった。

「予備校の、講師？」

　優佳は、悲しそうにうなずいた。

「そう思う。夏休みにショージが出会って好きになったのは、予備校の講師だった。以来、ショージは彼と一緒に勉強していた。より正確にいうならば、彼から個人授業を受けていた。場所は、どこだっていい。生徒指導の先生と出くわしたところで、怪しまれるはずがない。プロの講師に個別指導を受けているんだから、成績が上がるのもあたりまえ。そして、学園祭のチケットをもらえるのは、生徒の家族か、卒業生か、子供を碩徳に進学させたい親か――」

「教育関係者……」

そうなのだ。本来ならば、学校と予備校は良い関係にはないはずだ。しかし特進クラスのようなところでは、学校の授業の他に予備校に通う生徒は珍しくない。わたしも優佳も行っている。学校側だって、生徒の合格率を上げなければならない。予備校がその手助けをしてくれるわけだから、現実問題として仲良くせざるを得ないのだ。だったら、学園祭のチケットを予備校講師が入手するのは、さほど難しくない、むしろ易しいことだといえた。

優佳は苦いものを口に入れたような顔をした。

「高校生同士なら、ゲームセンターでのデートで満足するかもしれない。でも、相手は大人だよ。大人が女子高生とつき合って、お勉強だけで満足するはずがない。間違いなく、勉強は教えたんだと思うよ。じゃあ、その後はどうしたのかな」

優佳は最後まで言わなかったけれど、答えは自明だった。相手は、ショージの身体《からだ》を要求したことだろう。自動車で郊外のラブホテルにでも行ってしまえば、うちの教師などに見つかるはずがない。だからこそショージは、露見《ろけん》の恐怖に怯《おび》えることなく交際を続けていたのか。

ショージだって、成績を上げるために身体を提供したわけではないだろう。結果的にそうなったとしても、彼女はあくまで恋愛感情の発露として、身を預けたに違いない。わたしはそれを疑っていないし、優佳も同様だ。彼女の痛ましそうな表情が、わたしの想像の正しさを証明していた。

ショージの相手についてはわかった。でも優佳は、まだわたしの疑問に答えていない。

「ショージは、彼ができて、成績も上がった。万々歳じゃないの。相手が同じ歳である必要もない。優佳はどうして、あの子が別れると思ったの？」

優佳は、そっとため息をついた。

「ショージが、わたしたちと同じクラスだから」

「えっ？」

優佳は、あらためてわたしの目を正面から見据えた。

「ショージとわたしたちは、同じ特進クラスよね。しかもあの子は、努力して生まれた才能だけでなく、持って生まれた才能だけで、苦手科目を克服することなく、特進クラスに合格してみせた。それほどの頭脳の持ち主が、苦手科目を本気で勉強したら、どうなるの？」

「簡単に、克服するでしょうね」

「でしょ？　ショージは夏期講習から、ずっと本気だったのよ。事実、苦手はほぼ克服できた。だったら、あの二人の関係はどうなるの？　予備校の講師は、ショージに勉強を教えることで、彼女をつなぎ止めていた。でもショージが苦手を克服したら、講師があの子に与えられるものは、何もない」

「………」

「ただの恋愛ならば、相手がいるだけでいい。でもショージの場合、恋愛と勉強が不可分に結びついてしまった不幸があった。講師が勉強を与えられなくなった時点で、恋愛感情も維持できなくなる。そう考えたから、わたしはショージが遠くないうちに別れると思ったの」

優佳の話は終わった。

わたしはといえば、ただ呆然とするだけだった。教室での、他愛のないじゃれ合い。たったそれだけから、優佳は級友の恋愛事情を見抜き、未来を予想してのけたのか。

わたしは、優佳が安心の表情を浮かべた理由を、ようやく理解していた。ショージのデートは、勉強の後にセックスを伴うものだった。セックスには、妊娠の危険性がつきまとう。万が一妊娠してしまったら、ショージは退学になってしまう。優佳は、ショージが退学処分になる前に相手と別れられたことに安堵したのだ。

わたしたちは、予備校講師の素性《すじょう》を知らない。しかし、結婚している可能性は高いだろう。仮に妊娠したとしても、責任を取って結婚してくれるとは思えない。それに、夏期講習の生徒に手を出す男だ。他の生徒にも同じことをしていてもおかしくない。どちらにせよ、早めに別れて正解だったのだ。

わたしは、優佳の頭脳に感心すると共に、恥じ入っていた。ほんの一瞬だけれど、わたしは優佳が嫉妬したと考えたのだ。大学生に憧れるだけの自分と、彼氏とデートしているショージ。別れてしまえと邪念を送ったのではないか。そんなふうに、わたしは考えてしまった。友だちなのに。

優佳は、わたしの愚劣《ぐれつ》な邪推など、簡単に踏み越えていた。彼女は知的活動だけで、級友の危機を見抜いて、その行く末を思っていたのだ。すごい。やっぱり優佳は、すごい。

わたしはそっと目の前の友人を見た。わたしは、これほどの人物を友人としてみられるだろうか。いや、逆だ。こんなわたしを、優佳は友だちとして見てくれるだろうか。

優佳は、今までと変わりない瞳でわたしを見ていた。

「ショージは失恋しちゃったけど、そんなことで落ち込んでいるのは、ほんのわずかの間だけ。立ち直った女の子は、強いんだから。あの子が手に入れたのは、苦手科目を克服したという事実だよ。強敵の登場だ」

優佳はそっと手を伸ばし、わたしの手を握った。

「わたしたちも、もっと頑張らなきゃね」

彼女の朝

「おはよっす」

岬ひなのが教室に入ってきた。いつもどおり、予鈴二分前。

「ひなさま、おはよ」

わたしは挨拶を返し、ひなの――ひなさまの顔を覗きこんだ。元々色白だけれど、今朝は一層白い。目の下には隈《くま》もできている。

「具合、悪いの？」

一応、尋《たず》ねる。ひなさまはうなずく代わりに「ううう」と肯定とも何とも取れないうめき声を上げた。

「最悪」

「難儀《なんぎ》なことね」

優佳が心配そうな声をかけるが、顔は全然心配していない。いや、むしろ目が笑っている。ひなさまはまた「うう」と応えた。

わたしたちが彼女を心配していない理由ははっきりしている。原因はどうせ二日酔いだからだ。

学級委員長で、クラストップの成績を誇る、岬ひなの。

彼女は、大の酒好きで通っているのだ。

＊＊＊

「治った？」

わたしはひなさまに声をかけた。ひなさまは眼鏡の向こうで目を細めた。「ほぼね」

どうやらアルコールは抜けたらしい。その証拠に、ちゃんとパンが喉《のど》を通っている。

昼休み。教室では、クラスメートたちが幾つかのグループに分かれて、昼食を摂《と》っている。一年生のときと同じ光景だ。

二年生になっても、わたしたちだけはクラス替えがなかった。それもそのはず、特進クラスは、理系と文系それぞれ一クラスずつしかないのだ。学年が上がるときに、特進クラス最下位の生徒と一般クラス最上位の生徒が入れ替わるわけでもない。転入生はときどき来るそうだけれど、基本的に三年間、ずっと同じメンバーで過ごす。だから昼食のグループも変わらない道理になるわけだ。

わたしの場合、優佳とショージと机を囲むのが常だった。それが、今日はひなさまが一緒になっている。昼食時の相棒が風邪で学校を休んでいるから、飛び込みでわたしたちのグループに参加したのだ。

それにしても、花の女子高生の趣味が飲酒というのは、いかがなものか。何かにつけオヤジ臭いショージや、がらっぱちなサッサならともかく――もちろん彼女たちならいいというわけではないけれど――、ひなさまは酒を飲みそうな外見をしていない。まっすぐな黒髪を左右でおさげにしていて、顔にはフレームレスの眼鏡をかけている。まるでマンガに出てくるような優等生なのに。

さらに言えば、マンガには「眼鏡を取れば美少女」という表現があるけれど、ひなさまの場合は、眼鏡をかけたままでも十分美少女だ。いや、美少女というよりクールビューティーというべきか。昔から、冷静かつ的確な判断で、クラスを引っ張る切れ者。中学校時代からの「ひなさま」というニックネームには、間違いなくクラスメートたちの敬意が含まれている。にもかかわらず、趣味が飲酒。世の中、いったいどうなっているのだ。

「昨夜は、何だったの？」

優佳が訊いた。本人曰く、深酒するのは、たいてい夜通し本を読んでいるときだ。ひなさまは牛乳を飲み込むと、にやりと笑った。

「『夜間飛行』。最高だった」

「聞いたことない」

ショージが気のないコメントをして、ひなさまを嫌な顔にさせた。

「サン＝テグジュペリって作家、知らない？　その人の代表作。ゲランの同じ名前の香水が、この作品をモチーフにしてるのは、有名な話でしょ」

「知らんなあ」

　ショージは正直に答える。彼女はゲームマニアで、活字の本にはあまり興味がない。知らなくて当然だろう。といっても、実はわたしも読んだことはないから、偉そうに他人を論評できる立場にはない。それほど長い話ではないから読んだ方がいいと、姉にも言われているのだけれど。

「郵便配達の話はともかくとして」

　優佳が話をつないだ。「読んでる最中、ずっと飲んでるんでしょ？　酔っぱらっちゃって、最後の方なんて理解できてないんじゃないの？」

「バカにしちゃいけない」

　ひなさまが胸を張った。「どっぷり作品世界に入り込めるから、かえってよく憶えてるよ」

「その副作用が、二日酔い」

「そう」

　あっさりした返事に、わたしたち三人は沈痛な面持ちで頭を振った。

　あたりまえの話だが、私立碩徳横浜女子高等学校は、生徒の飲酒を禁じている。ばれたら停学は間違いのないところだ。ひなさまだって、仮に居酒屋で飲んでいて補導されたら、大変なことになる。しかし彼女の場合、飲むのはいつでも自宅だから、現場を押さえられる心配がない。というわけで、彼女は昨晩も酔っぱらっていたわけだ。

「大丈夫なの？　若いうちから飲んでると、脳の発達が妨げられるって聞いたことあるよ」

　わたしの発言に、ショージが続いた。

「そうそう。生理が狂ったりもするらしいじゃんか」

　友人たちのありがたい忠告に、ひなさまは切れ味鋭《するど》い笑顔で答えた。

「大丈夫だって。うちのお母さんは中学校のときから飲んでたけど、今でも記憶力抜群だし、子供を三人も作ったよ」

「なんだ。呑《の》み助《すけ》は遺伝か」

一斉に笑った。

飲酒というとんでもない趣味も、ひなさまにかかれば個性となる。成績の悪い生徒が飲んでいたら蔑《べっ》視《し》の対象になるだろうけれど、ひなさまは入学以来トップを守り続けている。特進クラスでは、成績がすべてを黙らせるのだ。

ソーセージドーナツを食べ終えたひなさまは、グラタンパイに手を伸ばした。彼女は弁当とパンが半々だ。今日はパンの日らしい。

「身体を壊すような飲み方はしていないよ。別に毎日飲んでるわけじゃないし」

「それって、休肝日をちゃんと設けてるってこと？」

優佳の指摘に、ひなさまは片手をぱたぱたと振った。

「だから、そこまで飲んでないって。えっと、せいぜい週五回くらい」

それは、明らかに飲み過ぎだ。大丈夫なのかな、本当に。

「放っておいて、いいのかねえ」

駅に向かって歩きながら、わたしは優佳に話しかけた。

「放っておいてって、何を？」

優佳が首を傾げる。しまった。話のテーマを説明していなかった。わたしは通り沿いの店舗を指さした。

「ほら、そこにパン屋があるでしょ？」

「あるね」

「わりとおいしいことで有名なんだ。わたしも食べたことがあるけど、確かにおいしかった」

「そうなんだ」優佳が機械的に話を合わせる。「自分でパンを買って食べるという習慣がないから、今まで見過ごしてた」

それがどうかしたのと続けそうな口調だった。わたしは本題に入る。

「ひなさまは、あそこの常連なんだよ。朝早くから開いているから、登校の途中で買ってくるんだって。本と食べ物にはけちけちしないっていう家訓だから、多少割高でもおいしいパンを買ってくるわけだ、我らが学級委員長殿は」

優佳が納得顔をした。

「ああ。パン屋さんを見て、ひなさまのことを思い出したんだ。放っておいていいのかというのは、あの件か」

どこで人が聞いているかわからないから、優佳の表現は曖昧なものになる。わたしはうなずいた。声を潜める。

「お酒の害って、今すぐ出てくるものじゃないでしょ。だから現実味がないんだろうけど、やっぱり良くないと思う」

土曜日の授業を終えたわたしたちは、予備校に向かっている最中だ。二年に進学して、わたしたちは同じ予備校に通うことにした。成績レベルは同じだから、予備校のレベルも同じでいいのだ。横浜駅近くの予備校だったら、定期券の範囲内で通えるし。土曜日の午後といえば部活というのが、普通の高校生なのだろう。けれど「予備校に行くから部活は休む」が通用してしまうのが、碩徳横浜のいいところであり、困ったところでもあった。

今朝もひなさまは二日酔いだった。顔は青白く、隈ができていた。聞くと、昨晩はカフカの『変身』を読んでいたらしい。こちらは、わたしも読んだことがある。短い中に様々なものが凝縮《ぎょうしゅく》されていて、圧倒された記憶がある。彼女もまた感銘《かんめい》を受けたのだろうか、気怠《けだる》い満足感に包まれたその姿は、最早女子高生とはいえない。さすがに心配になったから、優佳に話してみたわけだ。

優佳も今朝の彼女を思い出したのか、軽くため息をついた。

「良くないでしょうね。でも、どっちかというと、将来の健康よりも、現在の二日酔いの方が問題だと思う」

「えっ？」

「今はがんばって酒臭さを消して来てるようだけど、うっかり先生の前で臭いをぷんぷんさせたりしたら、さすがにまずいでしょ。停学とか退学になっちゃったら、将来の健康を気にするどころじゃなくなるから」

なるほど。そんな見方もあるか。

「それに、健康問題だって、実はそれほど心配することもないかも。だって、再来年に大学に進学したら、飲む機会はいくらでもあるでしょ。日本では、大学生の飲酒は、未成年でもなんとなく許されているし。うちのお姉ちゃんも未成年だけど、サークルの先輩たちとしょっちゅう飲みに行ってるよ。二年後に飲むのと、今飲むのと、そんなに違いがあるのかな」

「うーん」わたしは両方のこめかみに拳《こぶし》を当てた。

「なんだか、正しいのか間違っているのか、よくわからない考えね。現実的なのは認めるけど」

「でしょ？」

「でも、自分が二年後にお酒を飲んでる姿は想像できないなあ。うちは、両親が下戸《げこ》だし。姉貴殿も、飲めなくてコンパで困ってるらしいよ。迂闊《うかつ》に飲んで二日酔いになったら、悲惨なんだって。ちょっとお酒の臭いを嗅いだだけで、吐きそうになるって言ってた」

淡々と事実を述べただけなのに、優佳が口を開けた。

「そうなんだ。小春が飲めないなんて、なんか、意外」

「あっ、ひどい」

傷ついたことをアピールするために、大げさに心臓を押さえてみせた。つい、このようなリアクションをしてしまうあたりは、クラス一オヤジ臭いショージを笑えない。

「お姉さんが飲んでるってことは、優佳も飲めるんだね？」

優佳は頭を掻いた。

「たぶん、ね。両親とも、わりと飲む方だし。お姉ちゃんに至っては、サークルの中でも特によく飲む人たちと仲良くなっちゃって。なんでも『アル中分科会』なんてものを立ち上げて、音楽そっちのけで飲み歩いているらしいよ」

アル中分科会。なんだか、すごい命名だ。それでいいのか、昨今の大学生。

思考を読まれたのか、優佳が困ったように笑う。

「お姉ちゃんだって、ひなさまみたいに高校生時代から飲んでいたわけじゃないよ。大学に入って、日常的にお酒が出てくる環境になったら、順応しただけの話。うちの両親だって、高校生の娘に晩酌《ばんしゃく》の相手をさせたりしないし」

あたりまえの話だろうと考えかけたものの、すぐに思い直した。

「そうか。そう考えると、ひなさまのお酒は、両親公認ということなのかな」

わたしの指摘に、優佳は「なるほど」という表情を返した。珍しいことだ。

「それもそうか。二日酔いになるほどの量がどのくらいかは個人差があるでしょうけど、高校生のお小遣いでまかなえるとも思えないよね。だったら、お父さんのお酒を飲んでいる可能性が高い。こっそり買っていたとしても、飲み終わったら空き瓶を処理しなきゃいけないから、ご両親が気づかないはずがない。やっぱり公認なのか」

「だろうね」

「ひなさまのお父さんって、何をやっている人？」

「確か、大学教授だよ。どこの大学かは忘れたけど、数学科の教授」

優佳は形の良い眉をひそめた。

「最先端の数学は、ほとんど哲学らしいからね。そんなものに没頭していると、巷《ちまた》の小さなルールなんて、気にならなくなるのかもしれない。勉学に支障を来さないのなら、高校生が酒を楽しんで何が悪いって感じで」

「あり得る」

二人してかなり偏見の混じった見解だ。自覚があるのだろうか、優佳は少し恥ずかしそうな顔をして続けた。

「話を戻すと、先生にばれさえしなければ、心配することはないと思う。酒量がエスカレートして、学校に来られなくなるようだったら、さすがにまずいと思うけど」

「要経過観察ってところ?」

「そのとおり」

「うん……」

おそらくは、優佳が正しいのだろう。友だちが自分の身体を痛めつけているのをただ傍観しているのは、すっきりしないけれど。

ひなさまの席は、わたしの右斜め前にある。ちょうど教壇《きょうだん》とわたしの席を結ぶ線上にあるから、いやでも彼女の後ろ姿は目につく。また二日酔いか。背中から、どんよりとしたオーラが出ていた。

一時限目の日本史が終わると、早速ひなさまの席に向かった。「どう?」

うう、という例のうめき声を上げる。ショージが元々細い目を、さらに細くした。

「おやあ。ひなさまは、つわりかなあ?」

セクハラオヤジのような発言に、ひなさまは冷たい視線を投げかけた。「わたしはマリア様か」

要は、処女だと言いたいのだろう。お嬢様学校らしからぬきわどいやりとりに、傍《そば》で優佳が苦笑している。

「結局、二日酔いか」

ひなさまは憂鬱《ゆううつ》そうに首肯する。

「木村《きむら》先生の甲高《かんだか》い声は、頭に響く」

「お互い様だろ」

隣席のサッサが言った。「向こうだって、学級委員長がものすごい目で睨んできたら、やりにくいぜ」

「そうね」優佳もサッサに味方する。「理系にとって日本史は、センター試験対策であって、本番の入試の科目じゃないから。『無駄話していないで、さっさと進めろよ』とばかりに睨まれちゃね」

「そんなこと、思ってないよ」

ひなさまが声を大きくした。次の瞬間、自らの声が頭に響いたのか、頭を抱えてうつむいた。

「わたしはただ、静かに病魔が過ぎ去るのを待っているだけなのに」

「何が病魔だ。もっと質《たち》が悪いわい」

サッサがばっさり切り捨てる。「それで、昨夜の本は何だったんだ?」

ひなさまはうつむいたまま答える。

「サスペンス小説だったんだけど、ヒロインの造型がひどくてさ。浅はかで身勝手で、後先考えずに行動して、とんでもない問題を引き起こす奴。どうして主人公があんな女を大事にするのか、まったくわからない」

「要は、つまらなかったってことだな」

サッサが端的にまとめた。「読後の満足感も得られずに、睡眠不足になって、挙げ句の果ては二日酔いじゃ、いいことは何もないな」

「だから、こうやって苦しんでるんじゃない」

仕方ないなあと言いながら、サッサがスポーツバッグに手を突っ込んだ。中から出てきたものは、アイソトニック飲料だった。「ほら」

ひなさまがペットボトルを受け取る。「かたじけない」

「なんの。武士の情けよ」

キャップを開けて、ボトルから直接飲む。水分補給してすぐに二日酔いが治るものでもないのだろうけれど、人心地はついたようだ。わずかながら、顔に生気が戻ったように見えた。

「せめて面白かったなら、まだマシだったんだけど」

ひなさまのつぶやきに、ショージがうなずいてみせた。「確かに、そうかも」

「そうかもって?」

当のひなさまが問い返す。わたしにも、意味はわからなかった。優佳も同様らしく、怪訝そうな顔をしている。ショージはきちんと説明してくれるつもりのようだ。

「『夜間飛行』のときもそうだったけど、読んだ本が面白かったときは、目が死んでるじゃんか。それだけ入れ込んだってことでしょ。でも今日は、目が生きてるよ。ひなさまって実は、読んだ本が面白かったかどうかで、二日酔いの症状が変わってくるんじゃないの?」

「えっ……」

ひなさまが自らの頬に掌《てのひら》を当てた。「そうかな」

「そうだと思うよ」

「なるほどね」

思わず相づちを打ってしまった。さすがは天才肌のショージだ。妙なところに気がつく。

「そうか。つまらない本を読んだら、怒りで目がぎらぎらしているのか。それじゃ、先生が怯えるはずだ」

「だから、睨んでないって」

ひなさまの抗議は、残念ながら聞き入れられなかった。

「そういえば、壁本《かべぼん》って言葉があるらしいよ」

突然優佳が変なことを言いだした。

「かべぼん?」

「うん。読んだ後、怒りで壁に投げつけたくなる本のことだって」

「それはつまり、駄作《ださく》ってことか」

「少なくとも、読んだ本人にとってはね」

「あっ、そうか」

サッサがぽんと手を叩いた。

「ひなさまの場合も、怒りで目は爛々《らんらん》としてるけど、アルコールは身体に残っているから、二日酔いになると」

「筋は通ってるな」

「通ってるね」

本人を置き去りにして、勝手に法則ができあがってしまった。

「じゃあ、ひなさまには面白い本をたくさん読んでもらおう。我が校の教師陣の、心の安寧のために」

ひなさまは頭を左右に振った。「もう、知らんわ」とつぶやくその姿は、いつものクールビューティーに戻っていた。


進学ガイダンス、中間試験と、二年生の一学期は順調に進んでいった。

二年に上がると、一年のときと違って、より大学受験が身近に感じられるようになった。だからこそわたしも優佳も土曜日の予備校通いを始めたわけだけれど、それでも三年のように差し迫った緊迫感はない。かといって一年のように右も左もわからず不安になることもない。勉強に明け暮れながらも、ゆとりのある学生生活を送っているといえるだろう。

いや、一人、心配な奴がいた。

「やばくない？」

特進クラスだけの七時限目が終了し、遅れて部活動に向かう前に、わたしは優佳に話しかけた。

「やばいって、何が？」

優佳が訊き返す。わたしは左右を見回して、教師が近くにいないことを確認してから続きを言った。

「ひなさまのこと」

「あの子が、どうしたの？」

「わかってるでしょ」

わたしは優佳の腕をつかんだ。

「最近、二日酔いの症状がひどくなってるじゃないの」

そうなのだ。中間テスト期間中はさすがに読書も飲酒も控えていたようで、朝から冷静沈着なひなさまが見られた。けれどテストが終わってから——結果はもちろんトップだった——、表情がますます暗くなったのだ。

「外れ本を引いたときの怒りも、ますますひどくなってるし。快復も前より時間がかかっている気がする。ひょっとして、飲み過ぎが原因で、身体が弱くなってるんじゃないのかな」

「そうかな」

優佳は人差し指で自らの頬を掻いた。「気にしすぎだと思うけど」

「そんなわけ、ないでしょ」

わたしは優佳の科白を遮った。

「ひなさまは、要経過観察だったよね。優佳は『酒量がエスカレートして、学校に来られなくなるようだったら、さすがにまずいと思う』って言ったよね。心配どおり、酒量はエスカレートしてるよ。そのうちに、朝起きられなくて、学校に来られなくなるかもしれない」

そのうちにと控えめな表現をしたけれど、ひょっとしたらすぐにでも実現してしまうかもしれない。わたしはそんな心配を抱いていた。

しかし目の前の親友は、わたしの心配の、百分の一も受け止めてはいないようだ。

「大丈夫だと思うけどなあ。期末試験期間に入ったら、あの子も飲むどころじゃないでしょ。その間に肝臓を休めてもらえれば——」

「そういう問題じゃないでしょっ！」

つい大声が出てしまった。慌てて声を潜める。

「お酒を飲むのがあたりまえになってしまって、自然に量が増えていることに自覚がないのが問題なんじゃない。数日間飲むのをやめても、長期的に見たら、意味がないでしょ」

「そんなこと、言ってもねえ」

こちらのテンションが上がれば上がるほど、優佳のテンションは下がっていくようだ。「個人の問題だし」

不意に怒りの感情が湧き起こった。こいつは、ひなさまがどうなっても自分には関係ないと言いたいのか？　高校に進学して優佳と出会ってから、はじめて彼女に対して怒りを感じた。頰が紅潮《こうちょう》しているのが、自分でもわかる。

「もう、いいよっ！」

言い捨てて教室を出て行こうとした。しかし優佳に手首をつかまれた。赤くなった顔を、つかんだ当人に向ける。優佳は申し訳なさそうな笑顔で立っていた。

「ごめん、ごめん。ちょっと、引きが長すぎた」

「えっ？」

引き、とはどういう意味だろう。

「こちらから意見を言う前に、小春ったら突っ走ろうとするんだから。別に、小春の心配を茶化《ちゃか》したわけじゃないよ」

「………」

優佳が表情を真剣なものにする。

「でも、意見を覆《くつがえ》すわけじゃないよ。心配ないと思っているのは、本音。まあ、由々《ゆゆ》しき事態なのは間違いないけどね」

「で、でも――」

現に、二日酔いの症状が重くなっているではないか。それなのに優佳は、本気で心配ないという。にもかかわらず、由々しき事態だとも言う。それでは、支離滅裂《しりめつれつ》だ。わたしがそう指摘すると、優佳は曖昧に首を振った。

「そうだな。口で説明しても、納得するのは難しいかも。じゃあ、大丈夫である証拠を、君に見せてあげよう」

証拠？　証拠とはなんだろう。

「……いつ？」

「さあ?」優佳は思いきりいい加減な返答をした。

「ひなさま次第」

その機会は、すぐに訪れた。

二日後の朝、ひなさまが辛そうな顔で教室に入ってきたのだ。やはり、予鈴の二分前だ。

サッサが眉間にしわを寄せた。

「なんだ。ひなさまは、また二日酔いか?」

「うう」

ひなさまは席に座るなり、机に突っ伏した。いよいよ心配だ。わたしと優佳はおさげの後頭部に歩み寄った。

「昨夜の本は、当たりだった?」

ひなさまが顔を上げる。目の下には隈ができていた。

「当たり、かな。『老人と海』だから。さすがノーベル文学賞受賞作家。わたしもライオンの夢が見られるかと思って、読み終わってからすぐに寝ちゃったよ」

「そうか」優佳が実感のこもった声を出した。「名作よね。大作は大長編じゃなきゃいけないって固定観念を、根底から覆す話よね」

「おお。うすうすは、わかってくれるか」

ひなさまは気怠そうな、それでも嬉しそうな声で言った。

「でも、二日酔いなんでしょ?」

「最悪」

最悪、に予鈴が重なった。今日の一時限目は化学だ。化学実験室に移動しなければならない。クラスメートたちがテキストとノートを持って席を立ち始めた。

優佳は左右を見回した。

「わたしたちも、行かなきゃね。でも、ひなさまは移動がしんどいでしょ」

「うう」

「じゃあ――」優佳がにっこりと笑った。「わたしが、よく効く薬をあげる」

優佳が右手に握っていたものを差し出した。見ると、ガラスの小瓶だった。中には、少し黄色がかった液体が、半分ほど入っている。見覚えがない。いつの間に、そんなものを持っていたのか。

優佳がスクリューキャップを外した。小瓶の口をひなさまに近づける。

「ほら、嗅いで」

きょとんとしたひなさまは、言われたとおりに鼻を瓶の口に持っていった。途端に、隈のできた目が見開かれた。呆然と優佳を見つめる。優佳はうなずいた。

「いいの」

優しい声だった。

「いいのよ。ひなさまは、ひなさまのままで」

「…………」

ひなさまは、じっと優佳を見つめていた。優佳は優しく視線を受け止めていた。実際の時間はごく短いものだったけれど、濃密な感情のやりとりがあったように、わたしには感じられた。

「――ありがと」

ひなさまは短く言うと、すっと立ち上がった。そして機敏な動作でテキストとノートを学生鞄から出すと、まるで軍人のような足取りで教室を出て行った。二日酔いなど、気配すら感じさせなかった。

わたしは、ひなさまの変貌に、ただ呆気にとられていた。今のは、いったい何なんだ？

助けを求めるように優佳を見る。優佳はその整った顔に、苦笑を浮かべていた。

「見たでしょ？」

そして化学の授業の準備をしながら、続けた。

「ひなさまは、はじめから二日酔いなんかじゃなかったということ」

「…………」

返す言葉もなく、わたしは突っ立っていた。意外な展開に、頭がついていっていない。そんなわたしに、優佳は先ほどの小瓶を差し出した。鼻を近づけて嗅ぐ。

「うわっ！」

反射的にのけぞった。優佳が嗅がせたもの。それは――。

まぎれもなく、酒の匂いだった。


「どういうこと？」

校門から出たわたしは、優佳に詰め寄った。

化学実験室に向かう途中で、わたしは優佳を一緒に帰ろうと誘った。わたしはスカッシュ部、彼女は英会話部と、やっている部活が違う。だから通常なら一緒に帰ることはできないのだけれど、今日は特別だ。もし英会話部の活動が先に終わっても、帰らずに校門前で待っているように、厳命《げんめい》したのだ。その甲斐あって、わたしは優佳と一緒に下校することができた。

「どういうことって、ひなさまのこと？」

しれっとした顔で優佳が答える。それ以外はあり得ないから、いちいち肯定しなかった。

「死にそうな顔で教室に入ってきて、机に突っ伏した。それほど重度の二日酔いに見えたのに、優佳が瓶の匂いを嗅がせたら、あっという間に快復した。少なくとも、そんなふうに見えたよ」

「だから、違うって」

優佳が頭を振った。「二日酔いが治ったんじゃなくて、二日酔いじゃなかったの。想像だけど、あの子は昨夜、お酒なんて一滴も飲んでないと思うよ」

「えっ？　えっ？」

のっけから混乱した。酒好きのひなさまが、飲んでいないって？

優佳はまだ明るさの残る空を見上げた。

「どこから説明しようか。そうね、まずは校則の話から。うちの校則では、学生の飲酒は禁止されてるよね」

いきなり大前提から話を始められてしまった。

「当然でしょ」

「そうね。だから学校にばれたら、いくら学級委員長でクラストップのひなさまでも、厳罰が下される。よくて停学。常習犯であることが判明したら、退学処分になる可能性もある。でも、私立校にとって、生徒はお客さんでもある。だから、できるだけ機嫌を損ねないようにしなけりゃいけないのも、また事実。つまり、動かぬ証拠を突きつけないかぎり、処分なんてできっこない。ひなさまは、外で飲んでるわけじゃないよね。家の中で、一人で飲んでいる。教師陣に現場を押さえられるはずがない。だから、彼女の飲酒はばれっこない。ここまでは、いい？」

いい。わたし自身も同じことを考えたことがある。

「ここでわたしたちは、確認しておかなければならない。ひなさまの飲酒現場を教師が押さえられないということは、わたしたちもまた、誰も彼女の飲酒シーンを目撃していないということ。彼女が酒好きというのは、いわば伝説に過ぎない」

「で、でも」

基礎の基礎から話し始めてくれたおかげで、何とかついていくことができた。

「ひなさま本人が言ってるじゃんか。さんざん飲んでるって」

「そう」優佳は首を縦に振り、続いて横に振った。「逆にいえば、ひなさまがそう言っているだけ。彼女の発言が正しいと、誰が証明できるの？」

「……そうね」

でも、普通は本人の発言を信じるだろう。まさか嘘をついているとは、思わない。

優佳はわたしの心情を見抜いたのか、小さくうなずいてみせた。

「最初にあれって思ったのは、お酒を飲みながら本を読んで、二日酔いになったと聞いたこと。本人も認めているように、ずっと飲みながら読んでいたから量を過ごして、二日酔いになったということだよね」

「そうだよ」

　これもまた、動かしようのない真実だ。わたしはそう確信して返答したけれど、優佳は唇をへの字にした。

「わたしが引っかかったのは、ここ。いい？　ひなさまが飲みながら読んだのは、『夜間飛行』だった」

「うん」

「それから、予備校へ行くときに小春から相談を受けた日は、『変身』だった」

　確かにそうだった。優佳の記憶に間違いはない。わたしの記憶同様に。

　優佳はわたしが無反応なのに、失望した顔になった。

「『夜間飛行』。『変身』。どちらも名作だと思う。でも、両者に共通した特徴があるのを、知ってる？」

「共通した、特徴？」

『変身』は読んでいたし、『夜間飛行』もその後時間を作って読んでみた。確かに、両書とも感動した。でも、共通点なんてあっただろうか。かたや人間の存在そのものについて描き、こなた危険な夜間飛行に挑む人間の尊厳を謳《うた》いあげている。共通点など、ありそうにない。わたしは降参した。「なんなの？」

　優佳の答えは、簡潔だった。

「どちらの本も、薄い」

「……えっ？」

　優佳は首を回して、こちらを見た。

「わたしたちがこれらの作品を読むのは、たいてい文庫でしょう。わたしも文庫で読んだ。どっちの本も、薄かったよ。薄いってことは、読むのに時間はかからないってこと。読むのに時間はかからないのに、どうしてひなさまは、深酒することができたんだろう。変な言い方だけど、そんな時間的余裕はないよ」

「ああっ！」

思わず大声を出してしまった。他の下校途中の生徒が、驚いてこちらを見る。わたしたちは恥ずかしさのあまり下を向いてしまった。

しかし優佳はすぐに顔を上げた。

「読み終わった後、飲みながら余韻《よいん》に浸っていたのなら、深酒もあり得ると考えた。でも今日聞いたところでは、ひなさまは『老人と海』を読んだ後、すぐに眠ったといった。『老人と海』も、やっぱり薄い本よね。だとしたら、最低でも昨晩は、飲んだとしても二日酔いになるような量じゃなかったはず。それなのに、あの子は死にそうな顔で登校してきた。これは変だと思っても、不思議はないでしょ」

「………………」

わたしは返事ができなかった。彼女の説明は、わたしがまったく考えていなかったことだからだ。

言い訳するわけではないけれど、見逃して当然だと思う。真夜中の読書。グラスを傾けながら本の世界に入り込むというのは、とてもしっくりくる想像なのだ。「絵」が見えやすいともいえる。そこでは、読み終えるまでの時間や酒の量という「数字」は、異分子なのだ。だからこそ、脳が無意識のうちに除外していた。しかし、優佳は違ったというのか。

「それだけじゃない。ひなさまは、登校するときにパンを買ってきた。ソーセージドーナツと、グラタンパイ。わたしも二日酔いになったことはないけど、同じ酔いという言葉を使う車酔いから想像するに、とてもそんな重たいパンを食べたがる胃の具合じゃないと思う。それなのに、あの子はわざわざずっしりとした脂《あぶら》っこいパンを選んでいる。このことからも、朝のあの子の胃腸は正常だったと考えられるのよ」

「あの店の、パンが……」

わたしも幼い頃、車酔いにかかって、車内で吐いたことがある。あのときの苦しさを思い出す。とても、油で揚げたドーナツや、チーズと油こってりのグラタンなどを食べたいとは思わないだろう。

「量を過ごすはずのない飲酒。健全そのものの胃。わたしは、ひなさまは二日酔いになんて、なっていないと思った。ぴんぴんしているのに、二日酔いのふりをしている。間違いないと思ったけど、最初の校則に立ち戻ると、証拠は何もない。だったら、彼女自身に確認すればいい。問い詰めるのではなく、行動で証明してもらえばいい。そこで思い出したのは、小春から聞いた、お姉さんの話」

「お姉ちゃんの？」

せっかく理解しかかったのに、また頭が混乱した。わたしが姉について優佳に話したのは、赤信号事件がきっかけだった。あの事件について、優佳は蒸し返そうというのか。そう思って身構えたけれど、優佳は全然違うことを言った。

「上杉家は、下戸の家系らしいね。ご両親も、お姉さんも飲めない。特にお姉さんは大学で飲み会の機会が多いのに、飲めなくて苦労している。迂闊に飲んだら、二日酔いになってしまって大変だ。二日酔いになったら、お酒の匂いを嗅ぐだけでも吐きそうになる——」

わたしは、元々大きいといわれている目を、さらに大きくした。優佳の言いたいことが、ようやく理解できたのだ。

「そうか。それで、お酒を？　もしひなさまが本当に二日酔いだったら、お酒の匂いを嗅いだ途端に、マイナスの反応をするはず。吐かないまでも、嫌な顔くらいはするでしょう。それなのにあの子は、きょとんとしただけだった」

「でも、すぐに悟った」

優佳が後を引き取った。

「ひなさまは、お母さんが酒飲みらしいよね。二日酔いに苦しむお母さんの姿を見ていたから、リアルな二日酔いの演技ができたのかもしれない。けれど自分が、重度の二日酔いの最中にお酒の匂いを嗅いでも反応しなかったことに気づいた。あれで彼女は

『ばれた』と悟ったはず」

「そうだったのか……」

わたしは、ひなさまの行動を理解していた。理解して、把握していた。岬ひなのという人物の大前提であった酒飲みというキャラクターは、本人によって作り上げられたものだったのだ。

けれど、まだ全貌《ぜんぼう》を把握したとはいえない。わたしはまだ、現象面しか理解していない。友人として気になるのは、なぜ彼女がそのようなことをしたのかだ。優佳を見た。優佳は既に答えを持っているようだ。けれどなぜだか渋い顔をしていた。

「他人の心に踏み込むのは、あまり好きじゃない。でも、くだらない想像ならあるけど」

「それでいいよ」わたしはそう答えた。「踏み込むのが罪なら、一緒に負うからさ」

優佳は小さく笑って、「では」と続けた。

「最初は、どうしてひなさまが酒飲みを自称するのか、わからなかった。いつ先生たちが聞きつけて、面倒くさい聴取《ちょうしゅ》を受けるかわからないのに。そんなことをしても、あの子は決して得をしない。そう思ってたんだけど、ショージがヒントをくれたんだ」

「ショージが？」

彼女が、いったい何をしたというのか。

「ショージが、ひなさまの二日酔いの様子を分類したのを、憶えてる？　読んだ本が面白かったら、目が死んでいる。つまらなかったら、怒りで目が生きている。聞いた瞬間は、逆じゃないかと思った。だって、面白かったら、感動がまだ残っている間はむしろ目が活き活きとするんじゃないか。そしてつまらなかったら、精神的ダメージが大きいから目が死ぬんじゃないかと」

「——確かに、そのとおりね」

「でも、ひなさまの様子を見ると、ショージの言うとおりなのよ。どうして逆なのかと考えているうちに、想像できた。両者の違いは目。目が死んでいるというのは、二日酔いの症状から類推された表現でしょう。頭から二日酔いを取っ払ってみて。そしたら、目の下に隈ができて、しょぼしょぼした目が残るよね。これって、泣いたことを示していない？」

「ええっ？」

　またしても、予想外のワードが出てきた。なぜ優佳は、突然泣いたなんて考えたのか。けれどわたしは、ここで思考停止には戻らなかった。優佳がショージからヒントを得たように、わたしも優佳からヒントを得ている。正しく考えれば、同じ結論にたどり着けるはずだ。

「そうか。面白ければ、感動して泣くこともある。泣けば、泣き腫らした目は他人からひどく見える。逆につまらなければ、泣く必要はないから、目にダメージはない」

「そういうこと」

　優佳は満足そうに肯定した。

「わたしは、ひなさまが本を読んで泣いたことを隠したかったんだと思ったの。高校生にもなって、本で泣くなんて恥ずかしいと思ったんじゃないかな。だって、彼女は冷静沈着なクールビューティーなのよ。そうやって周囲から一目置かれて、学級委員長まで務めている。泣くという行為を弱さと捉えて、隠そうとしても不思議はないでしょ。最初は、泣き腫らした目を誰かに気づかれて、どうしたのと訊かれただけだった。そのときに素直に告げていれば、何も問題はなかった。でもひなさまは自分のイメージを崩したくなかった。だから、ついお母さんの記憶から『二日酔いなの』と答えてしまった。女子高校生としてはとんでもない内容だけれど、大人のイメージも与えられる。本で泣くより、あの子にとってははるかに許容できる虚像《きょぞう》だった」

　冷静沈着。クールビューティー。優佳に指摘されるまでもなく、中学校時代から定着した彼女のイメージだ。本人も、それに満足していた様子がある。確かに、そんな彼女が本を読んで感動のあまり涙を流すなど、想像できない。ひなさまもまた、想像されたくなかった。だから嘘をついたというのか。

「ショージの指摘は、ひなさまにとっても意外なものだった。そして、あの子自身のことなのに、他者によって行動パターンをインプリントされてしまった。いい本を読んだら、目が死んだ二日酔い。つまらない本を読んだら、怒りに燃えた二日酔い。二種類の症状を使い分けなければならなくなった。そうしなければ、不自然に思われるから。次第に演出は過剰になっていき、それが小春には症状がひどくなったと映ったのよ」

優佳の話は終わった。

わたしは今度こそ、ことのすべてを把握していた。大学教授の娘として生まれ、幼い頃から優等生だったひなさま。いつしか周囲――わたしを含めて――は彼女を完璧な存在として捉え、賞賛した。けれど彼女は、まだ高校生なのだ。世間から見れば、ほんの子供に過ぎない。それなのに、他人の期待に応えようと背伸びしすぎて、嘘を重ねてしまった。

でも嘘は、人の心を荒廃《こうはい》させる。くだらない演技が勝ちすぎて、疲れ切るときが来る。飲酒とはまったく違う意味で、優佳は由々しき事態と表現したのだ。

だから、優佳は語りかけた。「いいのよ。ひなさまは、ひなさまのままで」と。意図は確実にひなさまに伝わった。だからこそ、彼女は「ありがと」と答えたのだ。

わたしは、あらためて同学年の友人に感服した。特進クラスの優秀な生徒たちが、誰一人信じて疑わなかった虚像を、優佳一人が見抜いていた。そして、手遅れになる前に救った。それも、たった一言で。すごい。やっぱり優佳は、すごい。

わたしは自分の腕を優佳の腕に絡《から》めた。

「明日からは、新しいひなさまが見られるかな」

優佳は持ち前の穏やかな笑みを返してくる。

「だったらいいけどね。無理はいけない。でも、もうしばらくしたら、無理しなくてよくなるよ」

「っていうと?」

わたしの質問に、優佳は花が咲いたように笑った。

「大学に合格したら、みんなで乾杯しよう」

握られた手

「おっはよっ！」

改札を出たところで、わたしは優佳の肩を叩いた。毎朝の恒例行事だ。

優佳は、まっすぐな黒髪を揺らして振り向いた。理性を一ミリも出ない範囲で微笑む。「おはよう」

駅舎を出て、並んで歩く。JR石川町駅は、わたしや優佳が通う、私立碩徳横浜女子高等学校の最寄り駅だ。うちの学校は中高一貫だし、他にも幾つかの私立校があるから、朝は十代の女の子たちで賑《にぎ》わっている。しかも学校のある南口前の道は狭い。おかげで知らない人が見たら「ここは原宿《はらじゅく》か？」というくらいの賑わいだ。最も登校する生徒が多いこの時間帯だと、自転車すら通りにくいほどの混雑になる。

「くうーっ。相変わらず、この人混みはきついなあ」

朝っぱらからうめく。「でも、世の女子中高生好きにはたまらんだろうなあ」

これだけ数がいるのだから、絶景だろう。そんな意味を込めたけれど、優佳が首を振った。

「そうでもないみたい」

「そうなの？」

「うん。まず電車。迂闊に通学時間帯に乗り込むと、周りが女子学生ばかりだから、いつ痴漢《ちかん》呼ばわりされないか、冷や冷やしどおしらしいよ」

「えーっ。そうなんだ」

わたしは中学生時代から四年半同じ電車に乗っているけれど、痴漢に遭ったことはまだない。そう言うと、優佳は「群れのパワーに、相手が萎縮するんだって」と答えてくれた。

「それに、降りたら降りたで、この人数でしょ。いくら好きでも、これだけうじゃうじゃいたら、『芋《いも》粥《がゆ》』の原理で気分が下がるらしいよ。幻想を抱いているのは、本当だけどさ」

「うじゃうじゃって」わたしは苦笑する。「虫みたいに」

とはいえ、優佳の解説も、わからないではない。女子高生の価値を最も認めていないのは、当の女子高生だ。内情を知っているだけに、なぜこんな連中に幻想を抱くのだろうと、逆に不思議に思うくらいだ。加えて、この界隈の学校は校則が厳しいところが多いから、最近すっかり定着したルーズソックスをはく生徒もいない。おまけに十二月という季節柄、どうしても厚着にもなる。この通学風景を美しいと感じるのは難しいだろう。

「それにしても優佳、男心がよくわかってるじゃんか」

わたしは優佳の袖をつまんで引っ張った。「やっぱり、オトコに教えてもらったのかなあ?」

からかうつもりだったのに、あっさりうなずかれてしまった。「うん」

「えっ?」

「お姉ちゃんの友だちだよ。ほら、大学のサークルの。特に親しいグループに、男の人が四人いてね。わたしも、その人たちとお話しさせてもらうことがあるから」

そういえば、そんな話を聞いたことがある。

「ああ。『アル中分科会』ってやつ?」

優佳が嬉しそうにうなずいた。

「そうそう。その人たちと話していたときに、うちの学校の話になってね。男子大学生の女子高生幻想をたっぷり聞かされたってわけ」

「ええーっ」わたしはわざとらしく驚いてみせる。「優佳を身近に見てるのに、幻想を抱いてるってえーっ?」

「ああーっ、言ったなあーっ」

優佳がわたしにヘッドロックをかけた。きゃあ、と悲鳴を上げる。周囲では似たような光景があちこちで繰り広げられているから、傍迷惑《はためいわく》というほどでもない。

わたしのコメントは、もちろん冗談だ。成績がいいのはもちろんとして、美人で立ち振る舞いもよい優佳は、男子学生が憧れるのにふさわしい女子校生像だと思う。もっとも優佳の方は本気に取ったかもしれない。彼女は友人たちに対する観察力は一級品だけれど、自分自身がどう見えるかについては、さほど興味がないらしい。

「でもさ」

乱れた髪を直しながら、わたしは言った。

「普通の場所では、あんな光景は滅多に見られないんじゃない?」

学生鞄を握った右親指を、そっと斜め前に突き出す。優佳がその先に視線を向けた。

「――ああ、なるほど」

困ったような笑顔。「確かに、見られないよね。眼福《がんぷく》かも」

わたしたちの視線の先には、同級生が二人並んで歩いていた。わたしたちと同じ特進理系クラスの、平塚《ひらつか》真菜《まな》と堀口《ほりぐち》久美《くみ》。

二人は仲むつまじそうに、手を握り合っていた。

＊　＊　＊

「でもさ」

サンドイッチの角を豪快《ごうかい》に嚙みちぎると、ショージが言った。

「やっぱり、よくないと思うんだよなあ」

「よくないって」

ショージの視線を追いながら、わたしは答える。

「あの二人のこと?」

「そう」

視線の先には、真菜と久美。二人は教室の最前列で、ひとつの机を二人で挟んでお弁当を食べている。小さな声で話をしていたかと思うと、ふふふと笑い合う。

単に仲がいいという以上の親密さが、そこにはあった。親友とか、真の友情とかいう表現で説明できるのなら、他人も入り込める。けれど、あの二人は違う。今現在がそうであるように、他人を寄せ付けない雰囲気があるのだ。まるで、二人のオーラでバリアーを作っているかのように。登校から下校までずっとその調子なものだから、いつしか二人は、百合《ゆり》ではないかと疑われるようになった。百合、つまり女性同性愛者だ。

昼休み。教室では、クラスメートたちがそれぞれ仲良しグループを作って、昼食を摂っていた。

わたしの場合、いつも優佳とショージが一緒だ。特進理系クラス二年の中では、ベストテンの中位から下辺りをうろうろしている仲間同士。キャラクターも、落ち着いている優佳にオヤジギャグが得意なショージと、色分けもはっきりしている、いい友だちだ。ちなみにわたしは、自分のキャラクターをクールビューティーだと思っている。けれど以前口にしたら、ショージから結構本気でしばかれたから、周囲は同じ意見ではないのかもしれない。

それはともかく、我ら三人はこっそりと、自分たちだけの世界を構築している同級生を見ていた。

「ショージさんとしては、やっぱり健全男女交際派ですか」

優佳が水を向けると、ショージは大きくうなずいた。「そりゃそうだよ。何が悲しくて女なんかと——おっと」

慌てて口をふさぐ。こそこそ話にしては、やや声が大きかった。真菜と久美の席からは距離があるけれど、聞こえなかったと高をくくれるほど教室は広くない。少しの間固まって、向こうの様子を窺ったた。二人の動きは止まらなかったし、様子にも変化はない。本当に聞こえなかったようだ。少し安心する。

「ともかく、やっぱり男の方がいいって」

「おや、凄い科白を」

冷静な優佳の指摘に、ショージはまた口をふさいだ。ただし、今度は顔が真っ赤になっている。

わたしは去年のことを思い出した。ショージに彼氏ができて、そしてクリスマス前に別れた。そのときの記憶が鮮明だから、未だに男女交際というとショージを思い出してしまう。そういえば、もう二学期も終わりだ。あれから一年が経ったのか。

「うすうすだって、そう思うだろ？」

気を取り直して、優佳に同意を求める。優佳は曖昧にうなずいた。

「わたしの個人的問題としては賛成だけど、他人様の嗜好《しこう》にまで口出しするつもりはないよ」

「優佳の個人的問題としては賛成なんだ」

ここはつっこみどころだ。すかさずわたしは言った。「やっぱり、お姉さんの大学の人？」

以前優佳が、姉が所属するサークルの男子大学生が気になっているという話をしていた。こんな美人を放っておく男がいるとも思えないから、たぶんうまくいっているはずだ。ひょっとしたら、そろそろキスくらいしたかもしれない。そういえば、優佳は期末試験の成績が良かったから、ご褒美《ほうび》にパソコン——高校生には贅沢《ぜいたく》な、アップルのパワーブックだ——を買ってもらえることになったと喜んでいた。ひょっとしたら、その男子大学生と一緒にパワーブックを買いに行って、その帰りに——などと野次馬根性全開で付け加えた。

「それで、どうなの、最近」

ところが、優佳の反応はあっさりしたものだった。左手をひらひらと振って答える。

「ああ、それ、ダメになっちゃったから」

「…………」

思わず絶句する。しまった。場を凍らせてしまったか。

優佳はまた手を振った。そんなことはないと。

「結果はともかく、わたしもショージと同じく男を選ぶってことだよ。小春は、向こう側の住人？」

科白の最後の方は、笑いを含んでいた。向こう側とは、真菜と久美の側、つまり百合の世界ということだ。そんなわけない、と答えながらも、わたしは怒りの感情が湧いてくるのを抑えきれなかった。

この優佳をふったって？　相手の男は、どれだけ理想が高いんだ。そんなこと言ってると、一生結婚できないぞ。そこに座れ、説教してやる。

この場にいない男子大学生相手に勝手に怒っていたけれど、今はそんなことをしている場合ではない。ふられたばかりの頃はともかく、今の優佳は立ち直っているようだ。だったら、話題を元に戻さなくては。

「まあ、確かに、人の嗜好はそれぞれだからねえ。ひらひらと大學《だいがく》が好き合って、困る人はいないないわけだし」

クラスでは、平塚真菜は「ひらひら」、堀口久美は「大學」と呼ばれている。共に姓からの命名だけれど、わかりやすすぎるから、いちいち由来の解説はしない。

「そりゃ、理屈ではそうだけどさ」

ショージは頬を膨らませた。天才肌の彼女は、理屈ではなく直感で動く。女性同士の恋愛という価値観が、彼女の直感にうまく当てはまらないのだろう。だから理屈でなく、良くないものだと感じてしまう。別に意地悪するわけではないけれど、わたしは話を続けた。

「それに、あの二人が収まりがいいのも、また事実だしね」

優佳が首肯する。「事実ね」

「まったく、頭をなでなでしたくなるウサギさんと、詩集が似合う文学少女。いったいどんな取り合わせだよ」

何かにつけアクションの大きいショージが、机に突っ伏した。すぐに顔を上げる。

「やっぱり暴走するひらひらを、大學がフォローしてんのかな。よく体育の授業で見学してるのは、どっちかというとひらひらの方だけど」

わたしはうなずく。

「そうだと思う。去年の夏休み、ひらひらが駅の階段を上から下までずっこけたことがあったけど、一緒にいた大學が慌てず騒がず服の埃《ほこり》を払ってやってたのを憶えてるよ」

ショージが目を丸くした。

「そんなこと、あったんだ」

「うん」

「あの二人、昔からああだったの？」

かにかまの天ぷらを箸《はし》でつまみながら、優佳が尋ねてきた。

ショージが、腕組みをして宙を睨んだ。

「昔からって、どうだったかなあ」

「そっか。優佳は高校からだもんね。中学のときは、どうだったたか」


碩徳横浜は中高一貫だけれど、ごく少数、高校から編入する生徒がいる。優佳がその一人であり、だから同級生の中で彼女だけが、中学校時代のわたしたちを知らない。

雁首《がんくび》揃《そろ》えて一方向を見ていたからだろう。総菜パンの包装紙を捨てに行っていたひなさまが、わたしたちの傍で足を止めた。「どしたの？」

わたしはチーズ入りちくわで、オーラで作られた結界を指し示した。

「中学からああだっけ」

「ああ？」

ひなさまは眉間にしわを寄せて結界を眺めた。

「なんだ。ひらひらと大學か」

「憶えてる？」

「そうだなあ——ああ、そうだ。あれほどべたべたしてなかったけど、二年の終わりには、もう仲は良かったと思うな」

さすがは入学以来クラストップに君臨する学級委

員長。抜群の記憶力だ。

「わたしは同じクラスだったからね。確か、大學がひらが『じゃあ、自分も受ける』って言ったのを憶えてるよ。二人とも、あの頃は、そんなに褒められた成績じゃなかった。それでも猛勉強して、特進に滑り込んだんじゃないかな。クラスでも、まさか特進に進むとは思わなかったから、みんな驚いてた。たいした努力家だよ」

口調は素っ気ないけれど、偽りのない賛嘆《さんたん》が含まれていた。そのあたりは、ひなさまに表裏はない。だから「あんたに比べれば、誰だって褒められた成績じゃないよ」というつっこみは控えておこう。

ショージが腕組みした。

「でも、その頃は、今みたいじゃなかったんだ」

ひなさまが苦笑する。

「まあ、中二だからね。少なくとも、普通の仲良しだったと思うよ」

「とすると、二人でずっと一緒に受験勉強しているうちに、いつしか友情が愛情に変わり――ってやつ？」

「なんだ、ありふれてるな」

言ってしまってから、別にありふれていていけない理由は何もないことに気づく。それ以前に、男女ではなく女同士なのだから、その時点で既にありふれていないことにも。

ふと思いついて、わたしは親友に問いかける。

「優佳ってば、さっき昔からって訊いたでしょ。それって、優佳がこの学校に来た時点で、あの二人は既にラブラブに見えたってこと？」

「うーん」

優佳が箸の尻で額《ひたい》を掻いた。

「入学してすぐはこっちも大変だったから、そこまで観察する余裕はなかったなあ。でも、二学期にはもう疑ってたね。学園祭で、たい焼き屋を一緒にやったとき、間近で見てて肌で感じたし」

「まっ、時期は問題じゃないでしょ。勉強がきっかけとなって、二人は今とても幸せ。それでいいんじゃない？」

ひなさまがまとめた。

「おいおい。それでいいの？」ショージが驚く。

ショージが驚いたことに、ひなさまは逆に驚いたようだった。

「変？」

「変って……」

だって、女性同士ではないか。明らかに変だ。ショージがそう言うと、ひなさまは「うちの学校は男女交際禁止だよ」と答えた。

「いや、そういう問題じゃないでしょ」

「じゃあ、どんな問題？」

簡単に切り返され、ショージは口ごもる。

「え、えっと……」

「仮に、ショージくんに彼氏がいたとしよう」

一年前のことを知ってか知らずか、ひなさまがそんなことを言いだした。

「君は毎朝、その彼氏と手をつないで通学してくるかね？」

ショージは唇をひん曲げた。

「しないね。そんなことしたら先生に見つかって、厳重注意だ。それでもやめなかったら、停学」

「だろう？」

ひなさまは淡々と続ける。

「ショージにはできない。わたしにも、うすうすにも、謙信にもできない。だって、うちの学校は男女交際禁止だから。でも、女女交際を禁止する校則はないよ」

「………」

ひなさまは眼鏡を外して、レンズについたゴミを制服の袖でそっと落とした。

「冗談ごとじゃないよ。女女交際の禁止は、同性愛の禁止につながる。それは人権侵害と捉えられかねない。男女交際は、高校生が禁止されても、常識的にまだ許される。でも人権侵害となると、下手すれば訴訟沙汰になるからね。学校も、そこまではいえないわけだよ。翻ってわたしたちの愛すべき級友を見るに――」

ひなさまは眼鏡をかけて、わたしたちと同様にオーラのドームを見た。

「あの子たちは、自分たちが百合だと隠さないことで、かえって正々堂々と二人でいられる権利を得たんだよ。二人の関係も隠す必要がないし、人前でもずっと手を握っていられる。わたしやショージじゃ、そうはいかない。わたしたちの相手は、男だからね。校則違反になってしまう。一方あの子たちは、校則違反なんて、一ミリもしてない」

「――なるほど」

優佳が感心したように言った。「そんな考え方もあるか」

「私見だけどね。少なくとも、あの二人が風紀を乱すとかいって先生に怒られたのを、見たことがない」

学級委員長のひなさまが言うのだから、事実なのだろう。

教室の隅では、ひらひらと大學が昼食を終えたようだ。空になった弁当箱を鞄にしまい、代わりに歯ブラシセットを取り出した。今から洗面所に歯磨きに行くらしい。まず大學が立ち、手を伸ばす。ひらひらがその手を握り、ゆっくりと立ち上がる。そして手をつないだまま、教室を出て行った。

二学期も、残すところ数日となった。

冬休みだからといって遊びに行くわけでもなく、ひたすら予備校通いの特進クラスではあるけれど、やっぱり年末年始独特の雰囲気に、少しは心浮き立つものがある。

心浮き立つ理由のひとつが近づいてきた。

「謙信は、初日の出はどうする？」

サッサが訊いてきた。「また、うちの親父殿が車出してくれるって言ってんだけど」

すかさず手を挙げる。「行く」

今年の初日の出は、横浜港で見た。サッサの父親が八人乗れる自家用車を持っているからと、連れて行ってくれたのだ。それぞれが保温水筒におしるこを作って持参し、くじ引きで誰のおしるこが当たるかゲームしたのも、いい思い出だ。どうやら、この年末年始も誘ってくれるらしい。ありがたい話だ。

「よし。謙信は参加、と。うすうすとショージは？」

「お願い」

「参加」

「うん。わたしとひなさまを入れて、五人か。これで定員かな」

運転手の父上を加えて六人。三列シートに二人ずつだから、適正人数だといえる。いくら女子高生でも、二列目と三列目に三人ずつでは、やや狭い。

しかし優佳が止めた。「あの」

「何？」

「ひらひらと大學は誘わないの？」

サッサはきょとんとした。突然、こいつは何を言いだすんだというふうに。

しかしサッサはすぐに表情を戻し、首を振った。

「誘わない。ってか、あいつら、遊びに誘っても、乗ってこないんだよ。高校で同じクラスになったから、何度か誘ったんだけどね。だから、いつのまにか誘わなくなったな」

「それは、他人を寄せ付けないオーラを出しているから？」

サッサは後頭部をぽりぽりと掻いた。

「いや、そうじゃなくて。ああ、そうか。うすうすはピンと来ないと思うけど、中学のときには、特進に上がりそうな奴って、だいたいわかっていたんだよ。テストの順位表とか見てたらね。それなのにあの二人が入って、みんな結構驚いたんだ。それは、どうやらあちらさんも同じだったらしくてね。どうも、外様《とざま》意識というか、溶け込もうって意欲が感じられないんだよなあ」

積極的で、誰とでもすぐに仲良くなるサッサが言うのだから、本当のことだろう。

「特進だから、そりゃライバル心はあるよ。でも、あの二人は特別な気がする。あの二人がライバル同士なんじゃなくて、二人対残り全員ってこと。特進に来るべくしてきた連中と、自分たちは伍して戦わなきゃならない。そんな悲壮さがある気がするんだ」

サッサの言いたいことは、わたしも理解できる。わたしもまた、ひらひらと大學が特進クラスに進学して、驚いた記憶があるからだ。そして過去の記憶は、最近の議論と結びつく。

「ひょっとして、自分たちがあまり良くない意味で特別だって思いがあるから、二人だけで仲良くなっていったのかな」

「えっ？　ああ。百合ね」

何事もストレートでシンプルなサッサが納得顔でうなずいた。

「そうかもな。お互いの傷をなめ合っているうちに、お互いの唇を――」

バシッという鋭い音が教室に響いた。ひなさまが教科書でサッサの頭をしばいたのだ。

「朝っぱらから、何言ってんのよ」

「ごめんごめん」

サッサがしばかれた後頭部をさすりながら謝る。

「ほら、あの二人の話をしてたんだよ――あれ？」

サッサの話が止まった。それもそのはず、いつも二人一緒にいる教室の最前列に、一人しかいない。ひらひらが一人で席に着いており、落ち着かない視線をさまよわせている。

「大學が来てないね」

「珍しい。毎朝一緒に登校してくるのに」

「そんなことも、あるでしょ」

ひなさまが雑談を打ち切るように遮った。

「そろそろ予鈴だよ。席に戻ろう」

「了解」

「アイアイサー」

各自、自分の席に戻る。そんな中、一人だけ違う動きをした者がいた。優佳が、音もなく移動したのだ。ひらひらの方へと。

「ちょっと、優佳……」

声をかける前に優佳はひらひらの席にたどり着き、机に両手をついて彼女に小声で話しかけた。

——と。

ひらひらの表情に変化が現れた。元々大きな目がさらに見開かれ、まん丸になっていた。よほどの驚愕《きょうがく》が、彼女を襲っているらしい。そして大きくなった目で二回瞬きすると、ひとつうなずいて立ち上がった。優佳と共に教室を出る。

お互いの手を握りしめたままで。

「ちょっと、優佳」


駅近くのファストフード店で、わたしは優佳に詰め寄った。

「いったい、どういうこと？」

わたしの剣幕《けんまく》にもかかわらず、優佳は平然とした表情でフライドポテトを口に運んだ。よく噛んで飲み込む。続いてウーロン茶のストローを口にくわえた。

「大學が、インフルエンザにかかっちゃったんだって。だから、ひらひらが一人でいた。それだけのことだよ」

そうか。大學はインフルエンザだったのか。インフルエンザは普通の風邪と違って、感染力が強い。症状も重くなりがちだ。無理して登校して、ウィルスを蔓延《まんえん》させられても困る。だから碩徳横浜では、インフルエンザと診断された生徒は、登校禁止になる。大學がいなかったのは、そんな理由があったのか。

しかし、大學の欠席は、今朝の異変を説明できない。なぜ優佳は、ひらひらの席に行ったのか。そして、なぜひらひらと一緒に教室を出て行ったのか。しかもまるで大學のように、手をつないで。二人とも予鈴が鳴ってからすぐに戻ってきたから、せいぜいトイレに行っただけだと思う。けれど、問題はそこではない。

「優佳は、大學がいない理由を確かめるために、ひらひらの席に行ったの？」

「半分は、そう」

優佳が中途半端な肯定をした。

「半分？」

「そう。前半部はね」

ますますわけがわからない。

「後半部は？」

「大學がいないうちに、ひらひらを口説こうとしたに決まってるじゃない」

「…………」

本気で怒ったのがわかったのだろう。優佳は大丈夫というふうに手を振った。

「変だと思ったんだ」

「変って？」

「あの二人が百合だってこと」

どういうことだろう。優佳だって、二人の仲を疑っていたではないか。わたしがそう指摘すると、優佳は素直にうなずいた。

「そうなんだけど、この間あらためて二人の仲について話をしたでしょ。そしたら、あれって思ったんだ」

「どういうこと？」

優佳は考えをまとめるように宙を睨んだ。

「そうだな。どこから話そうかな。そうだ、じゃあ、百合の話からしようか」

「百合？」

「うん」

優佳はウーロン茶をまたひと口飲む。

「ひらひらと大學は、手をつないで仲良く通学してくる。学校では一緒にお弁当を食べている。仲良さそうに話をして、ときどき笑い合う。そして、食べ終わったら、手をつないで歯を磨きに行く。そんな姿を見て、わたしたちはあの二人を百合だと疑ったわけだよね」

丁寧《ていねい》に説明されて、反論の余地はない。「そうね」

「でしょ？　わたしも実際、そう思ったし。でも、ここで考えてみて。こうやって――」

優佳は手を伸ばして、わたしの手に自分の掌を重ねた。

「わたしたちって、こうやって手をつなぐことがあるよね」

「あるね」

「今時分は寒いから、腕を組んで歩くこともあるよね」

「あるね」

優佳の言うとおりだ。男性同士と違って、女の子はお互いの身体が触れ合うことを、あまり嫌がらない。会話が盛り上がって、相手にしなだれかかることも、珍しくはない。

わたしが肯定したことに満足したのか、優佳は話を続ける。

「わたしたち、一緒にお昼ご飯食べてるよね」

「食べてるね」

「そのとき、雑談してるよね」

「してるね」

優佳はひとつうなずいた。

「じゃあ訊くけど、わたしたちって、百合？」

「えっ？」

思わず優佳の顔を凝視してしまった。日本人形のように整った顔だち。どちらかというと華奢な身体つき。彼女に微笑まれたら、どんな男でもいちころだろうと思ってしまう。優佳は、それほど魅力的な女の子だ。事実、彼女がふられたと聞いて、ふった男子大学生を説教しようとさえ思ったほどに。

では、わたしはその魅力にまいってしまったのか。まるで男のように、その唇を奪いたいと思っているのか。まるで男のように、その身体を抱きしめたいと思っているのか。

そんなことはない。わたしが優佳に惹かれているのは、その頭脳に対してだ。決して恋愛の要素は入っていない。

「百合じゃ、ないね」

わたしが答えると、優佳もうなずいた。

「そうね。わたしの方も、決してそんな感情はない。だからわたしたちは、百合じゃない。ショージやひなさま、サッサの反応からも、周囲もわたしたちをそんな目で見ていないことがわかる」

言っていることは正しいけれど、意味がわからない。わたしがそう言うと、優佳はもう一度わたしの手に手を重ねた。今度はどちらかといえば軽く叩いたという感じだ。

「不思議よね。わたしと小春。ひらひらと大學。どちらも手をつなぐし、腕も組む。一緒にお昼ご飯を食べるし、談笑もする。やっていることは同じなのに、どうしてわたしたちはそう思われなくて、あの子たちが百合だと思われるんだろう」

「え、えっと……」

すぐさま返事ができなかった。まったく予想外の角度から斬《き》りつけられた。そんな気がした。

「それは、あの子たちの雰囲気が……」

「雰囲気」

優佳が繰り返した。否定の口調で。

「雰囲気。オーラ。そんなの、こっちが勝手に受け取ることでしょ。小春は、ひらひらでも大學でもいいけど、あの子たちから『近寄ってこないで』って言われたこと、ある?」

「……ない」

「そうだよね。わたしも、ない。じゃあ、二人から『わたしたち、愛し合ってるの』とか聞いたことある?」

「……ない」

「じゃあ、具体的な証拠。二人がキスしてたとか、抱き合っていたとか、あるいはおっぱい揉《も》んでたとか、そんなシーンを見たことある?」

「……ない」

矢継ぎ早の質問に、わたしは否定を繰り返すしかない。優佳はわたしに向かってうなずいてみせた。

「でしょ。わたしも、あらためて考えて驚いたのよ。冷静に振り返ってみると、あの子たちが百合である証拠は、どこにもない。それなのに、わたしたちは二人が百合だと思っている。なぜだろう?」

「なぜ……?」

ついさっきまで当然だと思っていたことに対して、今さらなぜと言われても困る。しかしこちらも特進クラスの生徒だ。いつまでも言われっぱなしではいない。すぐに回答を思いついた。

「理由は、ふたつあるね。ふたつといっても、根は同じだけど。ひとつは、あの二人は、ちょっとクラスから孤立しているところがある。サッサも指摘したように、周囲から特進に来ると思われなかった二人が、来て当然という同級生たちに対して壁を作った。二人は壁の内側で仲良くなった」

「うん。もうひとつは?」

「もうひとつは、二人だけじゃない、三人目への対応。さっき優佳は、わたしたちが百合かどうか訊いたよね。確かに、わたしたちは大學たちと同じことをしているかもしれない。でも、わたしも優佳も、他の友だちに対しても同じことをしているんだよね。ショージに対しても、ひなさまに対しても、サッサに対しても、優佳は手をつなぐし、腕を組むし、談笑する。みんなに同じ態度を取るから、特定の相手と百合とは思われない。でも、ひらひらと大學は、お互いにしか、親密さを見せない。だから、百合に見られる」

わたしの話を黙って聞いていた優佳は、音を立てずに拍手した。

「さすがは小春。わたしが言いたかったのも、まさに、それ。あの子たちは、お互いにしか、プラスの感情を向けない。小春がわたしだけじゃなくって、ショージにも同じ態度を取るのとは違う。じゃあ、この違いは何を生み出すのか。二人きりの時間が長くなることを生み出すよね。その観点から、わたしたちもやっていて、彼女たちもやっていたこと、その中で同じ相手と長い時間やったら百合に見えることって何だろう」

「え、えっと……」

さほど考えずに答えを思いついた。

「手をつなぐこと……？」

「正解」

優佳は目を細めた。

「わたしたちは手をつなぐこともあるけど、つなぎっぱなしってことはない。でも、あの子たちは、ずっと手をつないでいる印象がある。手をつなぐってことは、触れ合ってるってことだからね。そりゃ、百合に見られるよ」

「ちょっと待って」

わたしは頭を抱えた。わかったつもりになっていて、実はわかってなくて、説明されてまたわかったつもりになりかかったけど、やっぱりわかっていない。

「優佳。あんたが細かく説明したのは、ひらひらと大學が百合に見える理由よね。結局、あの二人は百合だった。そんな答えで終わりなの？」

「違うよ」

優佳の答えは、あっさりとしたものだった。

「そもそも、わたしはあの二人が百合に見えるって言っただけで、百合だとはひと言も言ってないよ」

百合であることと、百合に見えること。その違いくらい、わたしにだってわかる。わかるから、続きを先取りすることもできた。

「優佳は、百合に見えるだけで、百合じゃないって言いたいのね」

優佳は瞬きで答えた。

「今まで話したように、証拠は何もないよね。証拠もないのに、断じることはできない」

優佳が正しい。わたしたちは信じていただけで、正解かどうかの検証はしていなかった。そういうことだ。

正しいけれど、まだわたしは答えを得ていない。優佳が何にたどり着いたかについて、答えを得ていない。だったら、目の前に座る同級生から、答えを引き出さなければならない。

「百合じゃなければ、なんなの？」

珍しく、優佳がためらった。答えられないのではない。答えることをためらっていることがわかる。優佳は数瞬の逡巡《しゅんじゅん》の上、話すことを決めたようだ。

「ひらひらと大學は、二人きりでいる時間が、とても長い。その間、ずっと手をつないでいる。いや、ずっとってのは言い過ぎか。二人で歩いて移動するときには、必ず手をつないでいる。仲良しの象徴みたいだけど、考えてみて。歩くとき手をつなぐのって、仲良しだけ？」

どきりとする。直感が答えに到達しかかったけれど、理性が待ったをかけて検証する。仲良く手をつないで歩くひらひらと大學。そのシーンから、仲良くという、こちらの勝手な思い込みのフィルターを外す。ただの二人の人間が手をつないで歩いている姿に戻して、その動きを脳の中で追った。

「まさか……」

わたしは口を半開きにした。優佳を見る。優佳もこちらを見返した。答えを口にしろ、と。

「介護、あるいは付き添い……？」

優佳は悲しそうにうなずいた。

「わたしもそう思った。手をつないで歩くと表現すると、いかにも仲の良さそうな絵が浮かんでくる。でも見方によっては、小春のような解釈ができるのよ。もっと言えば、誘導」

わたしの心臓は、早鐘《はやがね》のように鳴っていた。理性が直感に追いついてしまったからだ。

「あの二人のどちらか、目が悪い……？」

「ひらひらでしょうね」

それが優佳の答えだった。

「最前列に座っているのは、あの子の方だから。ひらひらは日常生活に困るほど視力が落ちていて、それをカバーするために、いつも大學が一緒にいる。百合だという思い込みを排除して、二人の関係を見直した結果、見えてきたのは、そんな絵なのよ」

「で、でも、どうして？」

優佳はゆっくりと首を振った。

「それは、わからない。みんなの話を聞くかぎり、中学校時代は違ったんでしょう。わたしが二人の仲を疑ったのは、一年の二学期。その前に、小春はちょっと気になる話をしてたよね。夏休みに、ひらひらが駅の階段の上から下まで落っこちた。そのとき、頭も打ったでしょう。脳に衝撃を受けると、視力が落ちることがあるって、聞いたことがある。それが原因とは、決めつけられないけどね」

「………」

鼓動はさらに速くなって、脳を乱打した。くらくらしてくる。

「そのことは、先生は……？」

「当然、知ってるでしょう。そうじゃないと、最前列の席も確保できないし、体育の授業なんかでも配慮できない」

優佳はため息をついた。

「ひなさまは、彼女たちは、自分たちが百合だと隠さないことで、かえって正々堂々と二人きりでいられる権利を得たと言った。この説明があまりに筋が通っているように見えたから、かえって他の可能性を見えなくしていた。でも、これって、二人が百合であることを前提にした仮説だよね。二人が百合でないという視点で見返せば、ただのこじつけであることがわかる。ひなさまは、風紀を乱すとかいってことがわかる。ひなさまは、風紀を乱すとかいってことがないとも言ったけど、これもまた、ひなさまの仮説が正しいことを前提にした思い込み。いくら校則違反じゃなくても、あんまりべたべたしてたら、いくらなんでも注意されるよ。怒られないのは、むしろあたりまえの話なの。彼女たちは風紀を乱しているわけじゃなくて、一人がもう一人の生活の手助けをしているだけなんだから」

「ちょ、ちょっと待って！」

わたしは両手を振って、優佳を止めた。

「ちょっと待って。ひらひらの目が悪くて、大學がその手助けをしていた。それはいいよ。でも、どうしてわたしたちに言わなかったの？　どうして二人だけでなんとかしようと思ったの？」

わたしが口を閉ざすと、優佳が珍しい表情をした。眉間にしわを寄せたのだ。その顔は語っている。おまえは、答えを得ているはずだと。

わたしは、深いため息をついた。

「あの子たちは、クラスメートたちをライバル視していたから、か」

優佳は賛成する代わりに、ウーロン茶を飲んだ。そして、ゆっくりと頭を振る。

「誰もが驚いた、ひらひらと大學の特進クラス進学。あまりに驚かれてしまったがために、彼女たちは、合格した後も戦い続けなければならなくなった。ひらひらが目を悪くした後も、クラスメートたちに弱みを見せたくなかった。目が悪いからと、憐《あわ》れみの目を向けられたくなかった。だから目が悪いことを隠して、普通の学校生活を送ろうとした。幸《さいわ》いというか、たとえ視力が〇・〇一でも、教科書を読んだり問題用紙を見ることは、眼鏡なしでもできるからね。板書を見るのは、最前列じゃないと辛いけど」

「…………」

「ひなさまが言った、自分たちが百合だと隠さないことで、かえって正々堂々と二人きりでいられる権利を得たという発言。もちろん間違いなんだけど、ある意味では正しくもある。あの子たちは、自分たちが百合と見られていることを知っている。知っていて利用したんだよ。百合と誤解されていれば、堂々と仲良しのふりをして、大學がひらひらを助けに行ける。だからひなさまも、小春も、わたしも、すっかり騙《だま》されてたわけ」

優佳の話は終わった。わたしたちは黙ってポテトを食べ、ウーロン茶やシェーキを飲んだ。

しかしわたしの口は味など感じてはいなかった。優佳が解き明かした、級友たちの秘密。わたしたちはまったく気がついていなかった。何も知らずに友人を百合扱いし、変わっているねのひと言で済ませようとしていたのだ。裏にある苦労に目を向けることなく。

でも、優佳は違った。偏見のベールを簡単に引き剝《は》がし、その奥に隠された級友たちの苦しみを理解した。わたしにもショージにも、そして優等生のひなさまにもできなかったことを、優佳だけがやってのけたのだ。やっぱり、優佳は、すごい。


わたしが最後のポテトを食べ終わり、優佳が音を立ててウーロン茶を飲み干した。紙ナプキンで口元を拭いたけれど、二人とも何も言わなかった。

「これから」

ずいぶん時間が経った後、わたしは口を開いた。

「これからわたしたちは、あの子たちに対して、どう接すればいいのかな」

「うーん」

優佳は少しだけ首を傾げた。

「特に、何も変える必要はないと思うよ。いきなり妙に親切になったりしたら、向こうも戸惑うだろうから。ああ、でも――」

「でも？」

「初日の出ツアーには、誘ってみようよ。サッサのお父さんの車には、もう二人乗れるんでしょ？　太陽は眩《まぶ》しいから、眺めるのに視力はあまり関係ない」

優佳はわたしの手を握った。

「それに、日の光は誰にでも温かいよ」

夢に向かって

「ぐぬう」

思わず、そんなうめきが漏れてしまった。隣の優佳が、怪訝な顔をする。

「どしたの?」

わたしは、模擬試験の結果を優佳に指し示した。優佳がアーモンドのような瞳で見つめる。

「うわー」

優佳の反応も、妙な声だった。それもそのはず。模試判定。志望校、横浜市立大学医学部、B判定。

机に突っ伏した。

「ああーっ、A判定を取れると思ったんだけどなあ」

模試判定とは、志望校への合格可能性を示すものだ。合格の可能性が八十パーセント以上なら、A判定。一方B判定は、六十パーセント以上八十パーセント未満だ。

「これじゃあ、第一志望にできないよ」

「まあまあ」

嘆《なげ》くわたしに、優佳が慰めの声をかけた。

「三年になったら、浪人生もライバルになるんだよ。一年間受験勉強をしてきた人たちを相手にするんだから、一時的に順位が下がるのは珍しくないって」

言われてみると、そうか。理屈は合っているけれど、目の前の点数と判定は変わらない。

「わたしだって、今回はダメだったし」

「えっ?」

がばりと上体を起こす。優佳の判定表を見た。東京工業大学理学部、B判定。

「——なるほど」

今度は納得がいった。優佳でもダメだったのか。

「みんな同じみたいだよ。ほら」

視線で少し離れた席を指し示す。その先には、学級委員長のひなさま。そっと様子を窺うと、彼女もまた、怒りの表情を見せている。入学以来、クラストップをキープしてきたひなさまでさえ、浪人生にはかなわなかったか。それなら自分がB判定でも不思議はない。今から一年かけて追い越せばいいのだ。そう前向きに考えていたら、脇から甲高い声が聞こえてきた。

「ねーねー。謙信とうすうすは、どうだった?」

わざわざ顔を見なくても、声質だけで柿本《かきもと》千早《ちはや》だとわかる。わたしたちは憮然として判定表を突きつけた。おそらく表情で見当をつけていた級友は、それでもきっちり判定表を確認した。

「あらー、残念」

朗らかに同情してくれた。わたしはツインテールの友人を睨みつける。「カッキーは、どうだったのよ」

千早――カッキーは、丸い日を今度は猫の爪に変えた。

「わたし?」

判定表を差し出す。アルファベットが最初に目に入る。A判定だ。そのまま視線を上げて、志望校を確認した。文久《ぶんきゅう》大学医学部。

「ちょっと、あんた」

思わず立ち上がった。

「何、保身に走ってんのよ」

文久大学の医学部といえば、お世辞にも偏差値が高いとはいえない。それどころか、医学部には行きたいけれど、他の大学にはとても合格できない学生を受け容れる大学だ。少なくとも、硝徳横浜の特進クラスが志望校欄に記入する校名ではない。

わたしの非難に対して、カッキーは両手を腰に当てて胸を張ってみせた。

「大学なんて、合格さえすりゃ、どこでもいいのよ」

そう言い放った。

「いい大学なんて目指したら、マンガを描く時間がなくなっちゃうでしょ?」

わたしと優佳は、同時にため息をついた。

そうだった。こいつは医学部を志望しているけれど、本当はマンガ家になりたいんだった。

＊　＊　＊

「もう一度言う!」

わたしはカッキーの顔面に人差し指を突きつけた。

「志望校を変えろ。おまえなら、もっといい大学に入れる」

威厳《いげん》を込めて言ったつもりだったけれど、相手にはまるで通用しなかったようだ。カッキーは「あぁ、疲れた」といったふうに、左手で自分の右肩を揉んだ。

「そうは言ってもねえ」

首をぐるぐると回す。

「親には、医学部ならどこでもいいって言われてるから。もちろん、いい顔はされてないよ。でも、医師免許さえ取れれば、ルートはどうでもいいじゃんか」

放課後。部活動を終えて、いつものように優佳と合流して学校を出た。そして駅までの下り坂を歩いていたら、カッキーに出くわしたのだ。

もちろん話題になったのは、模擬試験の結果だった。特進クラスの感覚だと、滑り止めのさらに滑り止めのような大学を第一志望にしているのだから、それはA判定も出るだろう。こちらは精一杯背伸びして、しかも指先をぎりぎりまで伸ばすような努力を続けているのだ。自分の努力を笑われたような気分になってしまうから、口調に非難が混じるのは仕方のないことだった。

「それでも、先生が黙ってなかったんじゃないの？」

優佳が横から言った。さすがに人格者。わたしと違って、非難でなく心配を含ませる。

カッキーは苦笑した。

「まあ、ね。普通に受験勉強すれば手の届きそうな医学部を、いくつも紹介してくれたよ。少なくとも、文久には行くなって」

「そりゃ、そうだ」

担任の先生だって、特進クラスを任された以上、さんざん苦労して生徒の成績を上げようとしているのだ。自分の努力を笑われたような気分は、わたしたちの比ではないだろう。

いや、先生個人の問題ではない。特進クラスの使命は、入学案内の合格実績欄に、一流大学の名前を書かせることにある。それなのに文久大学などに進学されてしまっては、入学させた学校側も立つ瀬がない。

文久大学に対して、ずいぶんと高慢《こうまん》で失礼なもの言いなのは、承知している。それでも現実問題として、わたしたちが行ってはいけない大学なのだ。

「わたしの場合、進学に志がないからね」

やや真面目な表情に戻って、カッキーが言った。

「謙信も医学部志望だけど、ちゃんとした志があるじゃんか」

「志ってほどじゃないよ」

「臨床医《りんしょうい》になっても、一人で助けられる人間の数は知れている。それよりも研究医になって難病の治療法を開発した方が、何千、何万人もの人の役に立つ。だから謙信は、医学部を志望した」

カッキーがわたしの志望動機を復唱《ふくしょう》する。

「でも、それなりの大学にいないと、最先端の医学研究所に入れない。謙信はただの医学部じゃなくて、偏差値の高い医学部に進学する必要がある。そのために、毎日熱心に勉強してるんだよね」

ふうっと息をついた。

「でも、わたしの場合、お父さんが開業医だから、一人娘に跡を継がせようってだけ」

「でも、『どんな職業に就《つ》こうが勝手だけど、必ず医者と結婚しろ』って言わないだけ、いいんじゃない？　カッキーを跡継ぎと考えてくれてるんだから」

優佳が会ったこともないカッキーの両親をフォローする。カッキーは渋面で答えた。「まあね」

「でも、そんな親の期待を踏みにじろうとする奴が、ここにいる」

わたしは、また人差し指をカッキーに突きつけた。

「跡を継ぐために医学部に進学すると言いながら、こっそりマンガ家になろうとしている奴が」

「それを言われると、痛いなあ」

全然痛くない口調でカッキーが言った。ツインテールの分け目をぽりぽりと搔く。

「反論もできない。実際、マンガを描く時間を作るために、受験勉強しなくていい文久を志望校にしたんだし」

実は、彼女の希望は妄想ではない。わたしも彼女の作品を読んだことがあるけれど、絵もストーリーも、素人《しろうと》とは思えないほど上手なのだ。もっとも自分の生活環境を反映させたのか、へんてこな優等生が出てくる女子校ものばかりなのだけれど。

「やっぱり、今でも描いてるの？」

優佳が訊いた。三年生になっても、まだ趣味に生きているのかというニュアンスを含んだ質問だ。カッキーは絵の具で汚れた——碩徳横浜にはマンガ部はないから、彼女は美術部に所属しているのだ——親指を立てた。「当然でしょ」

カッキーは塾や予備校に通っていない。家庭教師も雇《やと》っていないと聞く。授業と宿題、予習復習だけ。つまり、最低限の勉強しかしていない。空いた時間を、すべてマンガにつぎ込んでいるわけだ。

そのためか、成績は下位をうろついている。かといって、落ちこぼれているわけではない。授業には

ついていってているし、寝る間を惜《お》しんで勉強してい
る連中から大きく引き離されているわけでもない。
頭の出来は相当いいのだ。
だからこそ、もったいないと思ってしまう。一年
くらい趣味を控えて勉強すれば、ずっと偏差値の高
い大学に入れるだろうに。わたしがそう指摘する
と、カッキーはぱたぱたと手を振った。
「ダーメ、ダメ。ちょっとでも描かないと、腕が鈍《にぶ》
っちゃうんだから。それに、大学在学中にデビュー
しないと、医者にされちゃうじゃんか。六年しか猶《ゆう》
予《よ》がないんだから、今から修業しておかないと。そ
んな甘い世界じゃないんだぜ」
「別に、マンガ業界がぬるいと思ってるわけじゃな
いよ」
どうも話が嚙み合わない。というか、相手が話に
乗ってこない。価値観が違う相手と会話するのが、
こんなに辛いものだとは知らなかった。
「別に目を吊り上げて受験勉強に打ち込む必要はな
いけど、多少は勉強癖をつけといた方がいいんじゃ
ない？　医学部は忙しいって聞くよ。ちょっとでも
手を抜くと単位を取れないって話だし。あんまり舐《な》
めてると、国家試験に通らないよ」
「大丈夫だよ」あっさり答える。「国家試験までに
デビューするから」
わたしは頭を抱えた。話にならない。どう説得し
ようかと考えているうちに、駅に着いてしまった。
「じゃあねーっ」
カッキーの家は、わたしたちとは逆方向だ。彼女
の乗る下り電車が先に到着し、マンガ家志望の少女
は去っていった。
わたしたちは顔を見合わせる。
「どう思う？」
わたしは優佳に尋ねた。よくないよね、という意
味を含ませている。けれど、優佳は素直に賛成して
くれなかった。
「うーん。別に、いいんじゃないかな」

「えっ？」

優佳の顔を見返す。優佳は何でもないことのように答えた。

「カッキーは、状況がよく見えてると思うよ」

意味がわからない。視線でそう伝えると、優佳はちゃんと説明するから、というふうに顎を引いた。

「自分が何を求められているのかを、正確に把握している。期待に応えながら自分の夢を追うためには、どうすればいいのか。どこまで真剣にやらなくちゃいけなくて、どこまで手を抜けるのか。その辺りの判断が、きちんとできてる。表面上は親の期待に応えているから、大学在学中の六年間は、親の収入で生活できる。在学中にデビューしてしまえば、今度は職業人として社会的な責任を負っているって言い張れる。なし崩しに医者にならずにマンガ家を続けられるんだよ。見事なものじゃない」

立て板に水の説明に、効果的な反論ができない。それでも納得いかないから、わたしは子供のように唇を尖《とが》らせた。

「それだったら、別に特進に来なくていいじゃんか。文久なら、一般クラスでも十分合格できるよ」

つまらない意見だとわかっていながら、つい口にしてしまう。案の定《じょう》、優佳はあっさり、わたしの抗議を粉砕《ふんさい》した。

「中学生のうちに、そんなことまで考えられるわけないでしょ。成績がよかったから、先生に勧められるまま、偏差値の高いクラスに入っただけ。マンガ家になりたいって強く思うようになったのは、高校生になってからなんじゃないかな。だから、そんなこと言っても意味がないよ」

「わかってるよ」

でも、とさらに反論しようとする声に、上り電車の音が重なった。

最初に気づいたのは、大學だった。

「どう思いますか？」

弁当を食べながら、大學が声を潜めた。ひそひそ話が嫌いな女の子はいない。すぐさまショージが反応した。

「何?」

「カッキーです」

大學は、わたしたち同級生に対しても、丁寧な話し方をする。以前は、彼女がわたしたちに対して壁を作っているからかなと思っていたけど、どうやら誰に対してもそうらしい。ここはお嬢様学校である碩徳横浜だ。特進クラスでは珍しいけれど、一般クラスには常に敬語という生徒はわりといる。だから、大學がクラスで最もお嬢様らしいといえないことはない。面と向かって言ったら、本人は両手を振って否定するだろうけれど。

大學はそっとカッキーの方を見た。

「最近、変じゃないですか?」

「カッキーが?」

ショージが訊き返す。意味がわかっていない顔。

大學がさらに声量を落とした。

「突然、面構《つらがま》えが変わったんですよ」

まるで怪談を話すような口調だった。

「鬼気迫る、って感じじゃないですか。わたしたちと似たような成績でも、呑気《のんき》な顔してたあの子が、ですよ。本気で受験勉強を始めたんじゃないですかね」

「ああ、そういえば、そうかな」

ひらひらがうなずく。大學が言うところの「わたしたち」の「たち」だ。つまり、大學とひらひらは、いつもカッキーと下位争いをしている。

「口を開けばマンガの話しかしなかったのに、最近は受験と進学の話題ばっかりだね」

大學とひらひらとは、共に初日の出を見に行ってから、なんとなく仲良くなった。今ではこうして、一緒に弁当を食べる仲だ。話してみると、二人とも思いの外普通で、いい奴だった。遅きに失した感はあるけれど、親しくなれたのはいいことだと思う。

きっかけを作ってくれた優佳には、感謝している。

「あの子ってば、うちのクラスで最も受験勉強をしなくていいのにね。どうして突然、受験生モードに入ったのかな」

ひらひらが不思議そうに続けた。

「そうなんだ」

はじめて聞いたというふうに、ショージがコメントする。それもそのはず、知らなかったからだ。二年生までは、クラス内の順位は最重要事項だった。けれど三年生になってしまうと、志望校との戦いになる。偏差値や合格判定が重要になってくるから、クラス内の順位や他人の成績には、次第に興味がなくなっていくのだ。だからわたしも、カッキーの様子に関心を持っていなかった。

「カッキーが受験勉強に目覚めたのなら、めでたいことじゃない」

優佳が空になった弁当箱をハンカチで包みながらコメントした。彼女は外見に似合わず、食べるのが速い。

「だから、どうして目覚めたの?」

わたしが尋ねると、優佳は小首を傾げた。

「さあ。人のことなんて、わかるわけない。ひょっとしたら、誰かに入れ知恵されたのかもしれないけど」

言いながら、優佳は視線をわたしの顔からやや上に移動させた。「どう?」

「ばれたか」

突然声が降ってきた。振り向くと、背後にパンの空包装を手にしたひなさまが立っていた。

「やっぱり、ひなさまか」

優佳が口元で笑う。「何て言ったの?」

「マンガ雑誌の編集者は、一流大学出身者ばかりだよって」

ひなさまも笑った。こちらは、やや意地悪な笑顔。

「もちろん、マンガの実力と学歴は関係ない。それでも『でもしか』医学部の文久だと、足元を見られるよって、耳打ちしたんだ」

「あーっ、なるほどね」

打てば響くショージが、納得したようにうなずいた。

「普通なら学歴なんて気にしないはずなのに、下手に医学部に入っちゃうと、今度は医学部の中での序列を見られる。最下層にいると『こいつは努力をしない、たいしたことのない奴だ』って低く見られるってことか」

「そう」ひなさまが空包装を握りつぶす。

「マンガ家志望者なんて、山ほどいるでしょう。いくら作品勝負といっても、本人が他人にない武器を持っているかどうかを、編集者は気にするはず。医学部ってのは本来大きな武器になるはずだけど、底辺だと逆効果でしょ。でも、それなりの大学なら、一目置いてくれるんじゃないかな——そんなふうにアドバイスしたんだよ」

「やるなあ」

わたしは素直に感心した。「友だち思いだ」

せっかく褒めたのに、学級委員長の反応は冷淡だった。

「そんな立派な理由じゃないよ。わたしは一人だけのほほんとしてることで、クラスの雰囲気を壊したくなかっただけ」

「だからカッキーにも、受験勉強してもらおうと」

「どうやら成功だったみたいね」

「さすが、ひなさま」

わたしはミートボールを箸で突き刺し、上に差し上げた。「ごほうび」

「かたじけない」

ひなさまがぱくりと口に入れる。

納得すると、今度は次の興味が湧いてくる。ショージがそれを口にした。

「それで、志望校はどこにしたんだろう」

「何、何？」

横からサッサが会話に加わってきた。カッキーのことを話すと、サッサは「よし、訊いてくる」とカッキー目がけて駆けていった。さすがはクラス随一の行動派だ。短い会話と、笑い声。三十秒ほどでサッサは戻ってきた。

「横浜女子医科大学だって」

「ええーっ？」

素っ頓狂な声を上げてしまった。横浜女子医科大学といえば、かなりのレベルの大学ではないか。わたしが第一志望にしている横浜市立大学医学部と比べても、それほど違わない。少なくとも文久大学の医学部とは、雲泥《うんでい》の差がある。確かに横浜女子医科大学に在籍していると言えば、どんな編集者からも一目も二目も置かれるだろう。

ただ、今のカッキーからすれば、レベルが高すぎる。慌てて勉強したところで、いくら何でも届かないのではないか。

「できるかもね」

ひなさまが冷静にコメントした。

「今だって、たいして勉強していないのに、落ちこぼれてないんだから。真面目に勉強したら、一気に伸びても不思議はない」

「それは」わたしはつい本音を漏らした。「ちょっと、微妙だなあ」

こっちは入学以来、ずっと努力をしてきたのに。わずか一年詰め込んだだけで難関を突破しようなんて、ムシがよすぎるではないか。

顔に出ていたのだろう。優佳を除く全員が共感の表情を浮かべた。

「まあ、いいんじゃない？」

サッサが話をまとめた。

「カッキーが志望校を上げても、わたしたちが損するわけじゃないし」

それもそうだ。

残念ながら――本音では幸い――、付け焼き刃の受験勉強に即効性はなかったようだ。七月の模擬試験の結果は残酷だった。

「うーむ」

判定表を机に置いて、カッキーが腕組みをしていた。わたしがにじり寄る。「どうだった？」

カッキーは答えず、黙って机の上を指し示した。判定表。横浜女子医科大学、D判定。D判定といえば、合格率二十パーセント以上四十パーセント未満だ。「高望みせずに、志望校のランクを落とした方がいい」と言われているに等しい。

志望校は、三校まで書くことができる。カッキーは一校しか書いていなかった。つまり、文久大学は完全に志望校リストから外したのだ。

「やっぱり、無理がない？」

大きなお世話とわかっていながら、つい口を出してしまう。

「いきなり偏差値を十以上も上げるなんてさ。中間を取る気はないの？　東亜《とうあ》医科大学とか、公徳《こうとく》大学の医学部とか」

どちらも、文久大学よりは格上だけど、横浜女子医科大学よりは入りやすい。先生が紹介したのも、この辺りの大学だろう。

「最初からうまくいくとは思ってないよ」

婉曲的《えんきょくてき》な表現で、カッキーが否定した。

「夏休みの頑張りで、浪人生との差は縮まるって聞いてるから」

「そうそう」

ひらひらが腕組みする。

「うちの兄貴は浪人経験者なんだけど。浪人生にとっては『魔の夏休み』なんだって。ほら、浪人生の同級生って、要は現役合格した大学生なわけでしょ。夏休みに帰省した同級生が、遊びに誘ってくるんだって。こっちも最初の模試で結果がいいものだから、つい油断して遊んじゃう。そしたら秋になって、現役に追いつかれて青ざめるんだとか。実際、それで二浪しちゃう人もいるらしいよ」

兄貴はなんとか一浪で済んだんだけどね、と続ける。ショージが唾《つば》を飲み込んだ。

「リアルに怖い話ね。でも、わたしたち現役にとってはいい話だ」

カッキーが嬉しそうに目を細める。

「でしょ、でしょ」

「やっぱり、頑張ってるんだ」

優佳がさりげなく口を挟む。「マンガは、今はお休みなの?」

「お休み?」

カッキーがきょとんとした顔になる。しかしすぐに渋面に変わった。

「いやいや。まったく描かないってことはないね。前にも言ったように、描かないと腕が鈍るから。ちょっとずつでも描いてるよ」

「そうみたいね」

優佳が目を細めた。「手にインクがついてるし」

「えっ?」

カッキーが自らの両手を見る。横から覗くと、小指の横、机にこすれる部分が黒くなっていた。受験勉強に使うのは鉛筆と蛍光ペンだから、昨晩の彼女は間違いなくマンガを描いていたのだ。

「まあ、どんなに勉強熱心な奴でも、まったく息抜きしないってことはないからね。少しくらいなら、問題ないでしょ」

わたしが言うと、「あんたは先生か」とショージからつっこみが入った。

「ともかく、カッキーは志望校を変えるつもりはないんだね」

「ないよ。横女医に行きたいって言ったら、親も喜んでたし。そもそも、文久をやめろって言ったのは、謙信じゃんか」

「まあ、そうだけど」

だからといって、どうしてこう、極端から極端に走るのか。あれだけマンガ修業のために文久大学を受験すると言っていたのに、カッキーの頭にその校名はもう残っていないようだ。純粋というか、思い込みが激しいというか。芸術家の頭は、そのようにできているのだろうか。平凡な感性しか持ち合わせていないわたしには、今ひとつ理解できないところがある。

とはいえ、自覚しているように、大きなお世話の部類だ。彼女が真剣に合格したいと考えているのなら、他人が口を挟む問題ではない。傍《かたわ》らの優佳に同意を求めると、素直に首肯した。

「そう思うよ。七月の模試が最終結果というわけでもないし。さっきの話じゃないけど、夏休みがあるから、いくらでも挽回《ばんかい》できると思う」

「くーっ」カッキーが拳を目に持っていき、泣く真似をした。「やっぱり、うすうすは優しいなあ」

「『魔の夏休み』になったりして」

すかさずショージが言い添え、笑いが起きた。

しかし、夏休みが終わって二学期に入ると、そろそろ笑えなくなってきた。

二学期最初の模擬試験で、わたしはようやく志望校のA判定を勝ち取ることができた。現役が夏休みの間に浪人に追いつくというのは、嘘ではなかったようだ。とりあえずは、ホッとする。

優佳もまた、第一志望にA判定が出たようだ。いつも冷静な彼女も、安堵の表情を隠すことができなかった。

「これで、火山への道を一歩踏み出せたって感じ？」

判定表を奪い取って眺めながら、わたしは言った。優佳は眉間にしわを作ってみせる。

「まだ合格したわけじゃないよ。確率が高まっただけ。でもまあ、近づいたという感じはあるかな」

そうなのだ。優佳は女だてらに火山学を専攻しようとしているのだ。それも、噴火予知。わたしたちが小学生の頃に、雲仙普賢岳《うんぜんふげんだけ》の大噴火が起きた。衝撃的なニュース映像を観て、少女時代の優佳は噴火を予知することで、惨事《さんじ》を防ぎたいと考えた——本人から直接聞いたわけではないけれど、話の端々から想像できる——らしい。東京工業大学を第一志望にしているのも、この大学に火山流体研究センターがあるからだ。だから彼女にも、カッキーが言うところの志があるわけだ。

わたしは優佳の肩を抱いた。

「お互いによかった、よかった」

本音だ。二年生まで、優佳は学業上のライバルだった。でも入学して最初に仲良くなった親友だし、医学と火山学と、目指す分野はまるで違う。今はお互いを励まし合う戦友だ。だからわたしは、彼女の好成績を、まるで自分のことのように喜ぶことができた。

「どないだ?」

ショージが首を突っ込んできた。わたしたちの判定表に燦然《さんぜん》と輝く「A」の文字に目を丸くする。

「よかったじゃんか」

「ショージはどうだったの?」

「ダメだったよ」

言いながら、判定表を見せてくれる。B判定。しかし現時点でダメとはいえないだろう。なんといっても、ショージは東京大学を志望しているのだから。

「やっぱり特進クラスたるもの、東大を目指さないと」

本気か冗談か、ショージはそんなことをのたまっている。実際、成績からすると、決して無理な志望校ではない。ただし彼女の場合、東京大学の中で、最も合格しやすい学部を受験しようとしている。東京大学なら専攻は何でもいいという、志のない受験生だ。それはそれで、潔《いさぎよ》いといえなくはないけれど。

それでは、志のないまま志望校を上げた人間はどうなったのだろう。

「カッキーは、どうだったのかな」

わたしはやや声量を落として言った。先ほどまでカッキーと話していたサッサを捕まえて、尋ねてみた。

サッサは、彼女らしからぬ険しい表情で、首を振った。

「ダメだ。Dどころか、E判定だった」

わたしたちは顔を見合わせた。E判定ということは、合格可能性が二十パーセント未満だ。ということは、カッキーは夏休みの間、進歩しなかったというのか。

「うーん」ショージが唇を富士山の形にした。

「ここに至ってのE判定は、やっぱりきついなあ。挽回は難しいかも」

「そうだな」サッサも同意する。「ひょっとしたら夏休みの間、ずっと遊んでたのかな。いや、あいつの場合、ずっとマンガを描いていたのか」

「一学期のやる気が、続かなかったってことかなあ」

わたしは、ぽつんと机に座っているカッキーを眺めた。

「でも、志望校を変えるつもりはないんだろうな」

「どうも、そうらしい」

「意固地になっちゃったか。ひなさまも、罪なことを言ったもんだ」

元々は、ひなさまがカッキーに対して、文久大学だとマンガ家になるのにマイナスだと指摘したことから始まっている。それがカッキーの頭に完全にインプットされてしまい、マンガ家になるために横浜女子医科大学に入学するという手段が、目的化してしまったのかもしれない。

「どうする?」

わたしは級友たちの顔を順番に見た。「このままじゃ、あの子不合格になっちゃうよ」

「志望校を変えさせるか」

サッサが両手を頭の後ろで組んだ。

「東亜医科や公徳でも、決して恥ずかしくないんだから。むしろ、二年までのあいつの成績なら、たいした成果だぜ」

「賛成です」大學が小さく手を挙げた。「浪人したら、それこそマンガを描くどころじゃないと思いますし」

「負け戦とわかっていると、モチベーションが下がるばかりだしね」

ひらひらが親友に味方した。わたしはわたしの親友に顔を向ける。

「優佳はどう？」

冷静さでは誰にも負けない優佳なら、当然賛成してくれると思っていた。ところが優佳は、春先と同じように首を振った。

「それは、カッキー自身が決めることじゃないかな。文久に行くならそれでいいし、横女医に行きたいなら、チャレンジすればいい。わたしたちは本人の意志を尊重して、応援する以外にないと思うけど」

「ええーっ？」

わたしは抗議の声を上げる。

「でも、このままじゃ不合格確実だよ」

「浪人してでも行きたいのなら、それもいいんじゃないかな。現役合格だけが合格じゃないでしょ。あの子の場合、極端な話をすれば、お父さんが元気なうちに医師免許を取ればいいんだから」

「………」

わたしは返す言葉が見つからず、ただ優佳の日本人形のような顔を見つめていた。

「まあ、そうかな」

「確かに」

サッサとショージが口々に同意し、この場を去っていった。ひらひらと大學も同様だ。一人納得できないわたしは、ただ優佳を睨みつけていた。

優佳の言っていることは正しいと思う。理性では同意できる。でも、感覚として納得できないのだ。確実に戦死するとわかっている戦場に、友人を送り込む。大げさだけど、そんな表現がぴったりくる状況で、放置するわけにはいかないではないか。

優佳がため息をつく。

「もう。小春はお節介焼きなんだから」

そうつぶやいて、立ち上がった。カッキーのところへ歩いていく。気配に気づいて顔を上げたカッキーに、優佳が声をかけた。

「おめでとう」

――えっ？

今、優佳は、何て言った？

目を見開くカッキーに向かって、優佳はさらに語りかける。

「そう言っていいのかな。その後の首尾はどうなの？」

カッキーはぽかんと口を開けた。

「――どうして？」

優佳は答えず、言葉を続ける。「でもね」

言うなり、掌で机を叩いた。ばん、という音が教室に響く。カッキーの身体が、びくりと震えた。

「今のあんたの抽斗《ひきだし》で、続くわけないでしょ。もっと先を見なさいよ。自分に何が必要なのか、わかるでしょ？」

優佳はカッキーの目を覗きこんだ。

「今できる範囲でがんばって、合格できるところに進学しようよ。その方が、絶対に将来のためになるって」

「………」

カッキーも優佳の目を見返す。ほんの数秒間、二人は勝負するように見つめ合った。

先に目を逸《そ》らしたのは、カッキーだった。きゅっと唇を閉じ、ひとつうなずく。

「わかったよ」

「ちょっと、どういうこと？」

駅近くのファストフード店で、わたしは優佳に詰め寄った。

「どういうことって？」

ポテトを一本つまむと、優佳はしれっと訊き返した。わかっていてとぼける反応に、わたしは苛つく。

「カッキーだよ」

「ああ、あれ？」

ポテトをよく嚙んで飲み込む。

「あの子、『わかったよ』って言ってくれたよ。身の丈に合わない志望校をあきらめて、より現実的な道を選んでくれるみたいね。よかったじゃない」

「それは知ってる！」

大声になってしまった。離れた席の客が、驚いたようにこちらを見る。しまった。わたしは相手を見ないようにして、両手で口を押さえた。これも、優佳のせいだ。

「だから、どうしてカッキーはあっさり承諾したの？　しかも『おめでとう』だなんて。E判定を喰らった奴に、おめでとうはないでしょうに」

カッキーと話したときの優佳は、明らかにいつもと違っていた。成績が落ちた人間を相手におめでとうといったこともそうだし、乱暴に机を叩いたのも彼女らしくない。その後の科白も、怒りに満ちていた。優佳はいったい、どうしてしまったのだろう。

「そうだね」

優佳は考えをまとめるように宙を睨んだ。

「どこから話そうか。じゃあ、まずはひなさまの忠告から」

突然、第三者の名前が出てきた。しかしすぐについていく。

「ああ。編集者は大学名を見るって話ね」

優佳が首肯した。

「そう。忠告としては正しいと思う。筋も通ってるし、受け容れてくれたら、相手のためにもなる。カッキーはひなさまの意図どおり忠告を真に受けて、受験勉強をするようになった」

優佳がいったん言葉を切る。返事を待つようにわたしを見た。おかしいところは何もない。だからわたしは反論しなかった。すると優佳は、ほんの少しだけ、失望の色を浮かべた。話を再開する。

「忠告そのものは正しかった。ただ、ひなさまが自分で言ったように、クラスの雰囲気を壊さないための忠告だった。カッキーが納得しさえすればよかったから、現実に即しているかどうかは、問題じゃなかった。じゃあ、ひなさまの仮説を現実に落とし込んでみたら、どうなるんでしょうね」

「どうなるって……」

意味がよくわからない。現実だと編集者に足元を見られるから、上位の学校を狙えというのが忠告の骨子《こっし》だったはずだ。優佳は正しいとコメントした。それなのに現実に即していないというのか。

あからさまに理解していない顔をしていたからだろう。優佳は回答を待たずに、話を先に進めた。

「がんばってカッキーが横女医に合格したとしようか。宣言どおりマンガ修業して、大学在学中に新人賞に応募して、編集者の目に留まった。編集者は作者のプロフィールを確認する。ほほう、現役の横浜女子医科大学生。すごいな」

「そうね」

まさしく、ひなさまが言ったとおりだ。今度はわたしが同意したことを確認して、優佳は話を続ける。

「医学生なら、専門知識を駆使《くし》した面白いマンガを描けるかもしれない。注目株として、囲い込んでおこう——そうなると思う？」

「そうなるでしょうね」

わたしが答えると、優佳は険しい表情になった。

「本当に？」

「うん」

「医学部生は忙しいって教えてくれたのは、小春だけど？」

ぱん、と頭をはたかれる感覚があった。「……え？」

優佳はわたしをまっすぐに見つめた。

「三年になって最初の模試のとき。小春がカッキーに言ってたことじゃない。『医学部は忙しいって聞くよ。ちょっとでも手を抜くと単位を取れないっていう話だし』って。編集者がそのことを知っていたら、どう思う？　確かにすごい人材だけど、医学部は忙しいから、マンガを描く時間はないだろうな。それにレベルの高い横浜女子医科大学に通っているくらいだから、どうせ医者になる。だったら、こいつはプロのマンガ家になる気はないな——こんなふうに考えないかな」

「………………」

「一方、カッキーが文久に進学していたら、どう思うだろうね。ああ、文久ね。たいした学校じゃないから、こいつの頭も、医学部でございますと威張るほどじゃないだろう。でも一応専門知識はあるし、藪《やぶ》医者になるくらいならマンガを描かせた方が本人のためにもなるんじゃないか——ってとこじゃない？」

「ちょ、ちょっと！」

わたしはようやく口を開くことができた。

「じゃあ優佳は、ひなさまの忠告が間違っていて、当初の計画どおり文久に行った方がいいっていうの？」

「あくまでマンガ家になるのなら、という観点からはね。問題は、そのことにカッキーが気づかなかったかどうか」

「え、えっと」

懸命に答えを考える。

「気づかなかったからこそ、忠告を真に受けて受験勉強を始めたんじゃないの？」

「本当に？」

優佳らしくない、疑り深い発言だ。こんなときの彼女は、裏の可能性に気づいている。今までのつき合いでわかっているわたしは、慌てて過去の事実を検証する。すると、わりあい簡単に答えは見つかった。

「そうか。カッキーは志望校を上げた。マンガじゃなくて、受験と進学の話題を口にするようになった。でも、あの子が受験勉強をしている姿を見た者はいない」

「当たり」

　優佳が人差し指を立てた。

「そうなの。授業はきちんと聞いている。宿題もやってきている。授業での受け答えを聞いているかぎり、予習と復習もちゃんとしてきている。でもこれって、カッキーがずっとやっていることだよね。じゃあ、これにプラスした受験勉強って何？　予備校や塾に通うか、家庭教師につくことでしょう。それは学校の外でなされる。だからクラスメートたちが、あの子が特進クラスの意味での受験勉強をしている姿を、見ることはない。ただ、話題と志望校で判断しただけ。ああ、受験勉強を始めたんだなあ、とね」

　優佳の言うとおりだ。特進クラスの連中は、自分たちがやっているものだから、ごく自然にカッキーも受験勉強を始めたと思い込んだ。ひなさまの忠告という、信じさせる材料もあった。けれど現実を注視すれば、カッキーの成績は上がっていないのだ。これはつまり、彼女がそれまで以上の勉強はしていなかったことを示しているのではないか。

「変だと思ったんだ」

　優佳がゆっくりと頭を振った。

「あれだけマンガ家になるための戦略を練《ね》っていたカッキーが、ひなさまのひと言でからっと変わるなんて。最初の彼女の戦略は、決して褒められたものじゃないかもしれないけど、たぶんクラスの誰よりも真剣に、自分の将来について考えてたよ。そんなあの子が、さっき指摘した可能性にたどり着かなかったと思う？　わたしは、カッキーは忠告の欠点を、すぐに見抜いたと思う」

　わたしは唾を飲み込んだ。そして飲み込むべきは唾じゃなくてシェーキだということに気づき、太めのストローを咥《くわ》えた。強い吸引力でひと口飲む。

「見抜いて、どうしたの？」

優佳もまた、ウーロン茶を飲んだ。シェーキとウーロン茶の差が、わたしと優佳の体型の差に表れている気もするけれど、今はそんなことを考えている場合ではない。

「見抜いて、利用したんだと思う」

「利用？」

反問は、相手の答えを引き出すためだ。意図を理解した優佳は、すぐに説明してくれた。

「受験勉強せずに文久へ進学し、マンガを描き続けるというのが、カッキーの基本戦略だった。それを変えた。進学の話題を口にして、志望校を上げた。それもいかにもやる気になったかのように。高すぎる志望校は周囲を心配させたけど、同時に納得もさせた。それは、特進クラスの受験生として、ごく自然な考え方だから。でも成績が上がっていない以上、それは表向きだけ。勉強するふりをして、やっぱりマンガを描いていたんだと思うよ」

「優佳、ストップ」

こちらも特進クラスの人間だ。いつまでも言われっぱなしではない。すぐに優佳の話の欠点に気がついた。

「ひなさまの忠告を聞いても意味がない。ご両親は、渋々ながらも文久への進学を認めていた。だったら、勉強するふりしたり志望校を上げたりする必要性が、どこにあるの？　今までどおりでいいじゃないの」

我ながら筋の通った反論だと思った。しかし優佳の表情を変えさせることはできなかった。むしろ優佳は、深くうなずいた。

「そのとおり。今までどおりでいいはず。でもカッキーは、行動を変えた。今日の昼間に話したことだよ。このまま春を迎えたら、あの子はどうなるの？」

「浪人でしょうね」

わたしは即答する。

「秋になってもE判定なのに、合格するわけがない。志望校も変えずに、滑り止めも受験しないのなら、浪人するしかないでしょ――ああっ！」

説明しながら、わたしは優佳の言いたいことに思い至った。

「優佳は、カッキーがわざと浪人する計画だっていうの？」

「どうしても、そうなっちゃうでしょ」

それが優佳の答えだった。けれど、あっさり納得するわけにはいかない。

「おかしいじゃんか。浪人するくらいなら、文久に行った方がずっといい。大學が言ってたじゃない。浪人したら、マンガを描くどころじゃないって。どうして、自ら首を絞《し》める真似をするのよ」

「変化があったからでしょ。戦略を練るための、前提条件が変わったから」

「前提条件？」

優佳はまたポテトを取った。口に入れる。

「大學の話を憶えてる？　カッキーが受験勉強を始めたようだって話をしていたとき。カッキーの面構えが変わったって話をしていたでしょ。鬼気迫る感じだったって。一緒にいたひらひらも同じ意見だったから、間違いないと考えていいでしょう」

そういえば、そんなことを言っていた。あれは、受験勉強に身を入れる決意を表したものだと理解していた。わたしがそう言うと、優佳は素っ気なく首を振った。

「今までの検証から、カッキーは身を入れて受験勉強なんてしていないことがわかったよね。それなのに、どうして面構えが変わったのかな。鬼気迫るとまで言われたんだから、偽装じゃなくて、あの子が何かに対して大まじめになったのは確かなのよ。進学じゃなくて浪人を選ばせるほどの何かがあった。カッキーにとって、それは何に関連したことだと思う？」

「そんなの決まってるじゃない」

他に答えはない。

「マンガに関すること」

言い終えた瞬間、背筋に悪寒が走った。理屈によらず、全体像が見えたのだ。

「まさか、マンガ家への道が開けた……？」

優佳は目を細めた。よくわかったね、と。

「あの子は学校の勉強以外の時間を、すべてマンガ修業に費やしていた。わたしもカッキーの習作を読んだことがあるけど、プロはだしといっていいと思う。それほどのレベルにあるんだから、投稿したくなるのが人情でしょ。今まで何回くらい投稿したのか知らないけど、よりによって三年になってから編集者の目に留まってしまった」

「…………」

「新人賞を受賞したのか、あるいは最終選考に残ったのか。担当編集者が付き、一気にプロのマンガ家への道が開けた。でも自分は受験生の身分だ。編集者も、まさかデビュー前の女子高校生に対して、進学をやめてマンガに専念しろとは言わない。売れるかどうかなんて、誰にもわからないからね。カッキーは考えた。当初の予定どおり文久に通いながらマンガ修業するべきか。いや、小春が言ったように、医学部は忙しい。夢だったプロのマンガ家になれるかどうかの瀬戸際で、無駄な時間は使いたくない。だったら浪人してしまおう。浪人中にデビューできたら、そのままマンガ家としてやっていける。進学する必要はない。幸いというべきか、自分にはごく自然に浪人する手段がある。志望校を上げて、勉強しない。ただそれだけ」

優佳は、言うべきことは言ったとばかりに、ポテトを食べ、ウーロン茶を飲んだ。

わたしはといえば、シェーキを飲むことも忘れてしまっていた。

ここまで説明されて、ようやく優佳の発言が理解できた。おめでとうという科白は、作品が認められてよかったねという意味だ。そして抽斗云々《うんぬん》は、高校生までの経験だけでマンガ家を続けようとしても、すぐに行き詰まるという意味だ。特進クラスの人間は勉強優先で、普通の高校生よりも、さまざまな経験を積んでいないのだから。事実、彼女は今まで、優等生が出てくる女子校ものしか描いていない。大学に進学して色々な経験をして、それを糧《かて》にマンガを描いた方が、長く続けられると言いたかったのだ。

カッキーの反応を見るかぎり、優佳の推理は正しかった。優佳はクラスの誰も気づかなかったクラスメートの行動を、見事に解き明かした。そして、彼女の将来が歪《ゆが》まないように、矯正《きょうせい》してあげた。すごい。やっぱり優佳はすごい。

でも、疑問はまだ残っている。わたしはそれを口にした。

「でもさ、どうして机を叩いたりしたの？　怒ったような話し方も、優佳らしくなかったよ」

「ああ、それね」

優佳が恥ずかしそうに頬を染めた。

「ショック療法だよ。今のカッキーは、急いでプロデビューすることしか頭になかった。ひなさまみたいな、理性的な忠告では効果がない。そう思ったから、あんなふうに言ったの」

頭を抱える。

「恥ずかしいよ。カッキーは、自らの努力で成果を上げている。それなのに、まだ何者にもなっていないわたしが説教するんだから。あのときはカッキーもわけがわからなかっただろうから素直に聞いてくれたけど、今頃『何言ってやがる』とか思ってるよ。ああ、恥ずかしい」

「そんなことないよ」

わたしが優佳を慰めるなんて、それこそ似合わない。けれど、言わずにはいられなかった。

「カッキーは、優佳の言葉で目が覚めたと思うよ。

編集者だって、相手が高三だってことはわかってるんだから、半年くらい待ってくれるよ。親を説得して、医学部以外の専攻を受験して、大学在学中にデビューなんて、十分あり得るじゃない。そしたら、その成功は優佳のおかげだよ」

「そんなわけ、ないじゃん」

優佳は頭を抱えたままだ。

「百パーセント、あの子の努力だよ」

身悶《みもだ》えする優佳を見ていると、不意におかしくなった。これほど優秀な人間でも、自己嫌悪に陥《おちい》ることがあるのかと。滅多に見られない姿に、つい笑みがこぼれてしまった。

「ああーっ、笑ったなあ」

優佳が両手でわたしの頬をつかんだ。「なんの」とつかみ返す。テーブルを挟んで、二人の女子高生がじゃれ合っている。

やれやれ。

これじゃあ、カッキーの描くマンガだよ。

災い転じて

「寒いっ！」

車から出た瞬間、思わず叫んでいた。

夜中の大声に、慌てて自分の口をふさぐ。しかしそんな配慮は無用だったことは、すぐにわかった。なぜなら、既に周囲はざわめきに満ちていたからだ。

「さすが、合格祈願のメッカね。日付が変わる前から、えらい騒ぎだ」

同乗してきた優佳がコメントした。周囲を見回す。「受験生らしき人が、たくさんいるし」

「そうね」ひなさまが人差し指で眼鏡の位置を直しながら言った。「神頼みで合格できるなら、誰も苦労はしないんだけど」

「そう言いながら、自分もお参りに来たのは、誰ですかな？」

ショージがからかうと、ひなさまは表情ひとつ変えずにクラスメートを見返した。

「わたしにだって、神頼みしたいときはあるよ」

ストレートに返され、ショージがのけぞる。

「神頼みというより、自己暗示だろう」

サッサが割って入った。

「絶対合格しますようにって神様に祈っているつもりで、自己暗示をかけてるのさ。自分は絶対に合格するって」

「それ、正解ですね」

大學が黒縁眼鏡で上空を見上げた。夜空というより、神社という空間そのものに視線をやったという感じだ。

「元々神社やお寺ってのは、自分自身と向かい合う場所でしょう。だから、修行に使われるんです」

「難しいこと言うのね」

ころころと笑いながら言ったのは、ひらひらだ。その手は、しっかりと大學の手を握っている。

「ともかく」わたしは境内《けいだい》のある方を指さした。「さっさとお参りしよう。待ってくれているサッサのお父さんが凍える前に」

わたしの言葉は白い塊《かたまり》となって吐き出された。サッサの父上は、暖房を入れるためだけにエンジンをかけたりしない人だ。車内で厚手のコートを着て、わたしたちが戻るのをじっと待っている。

「それもそうだ。行こう」

ひなさまが珍しくわたしの意見に賛成し、全員で歩きだした。

大晦日《おおみそか》の夜。わたしは、サッサの父上が運転する車に乗って、初詣にやってきた。優佳、ひなさま、ショージ、大學、ひらひらも同様だ。

例年は初日の出を見るというイベントなのだが、今年は違った。高校三年で迎える正月は、他の年とは意味合いがまるで違う。なんといっても、大学受験の本番が控えているからだ。

だから今年は初日の出見物を中止して、初詣に切り替えた。向かった先は、平塚《ひらつか》市にある、前鳥《さきとり》神社。神奈川県でも有数の、合格祈願の神社だ。横浜と平塚は、それほど近いわけではない。にもかかわらず車を出してくれたサッサの父上には、感謝するばかりだ。

「うっわー、混んでるなあ」

ショージが背伸びして前方を見た。まだ大鳥居にもたどり着いていないのに、その先は人で埋まっている。この分では、いつお参りできるか、わかったものではない。

長い行列は、それでもじりじりと進んでいく。大鳥居前の階段を一段ずつ上りながら、ひらひらがぽつりと言った。

「来年も、一緒に来られるかなあ」

「来たくないよ」すぐさまサッサが突っ込む。「来年も合格祈願なんて、縁起でもない」

「いや、そういう意味じゃないってば」

ひらひらが、ぶんぶんと両手を振った。

「来年は大学に進学しているんだから、冬休みとはいえ、こうやって一緒にいられるかどうかって言いたかったんだ」

「それは、どうかな」

ひなさまが答える。

「大学に入ったら、そっちのつき合いもあるだろうし」

「彼氏ができるかも」

「違いない。まあ、それを言うなら――」

ひなさまが眼鏡越しにサッサを見た。

「サッサなんて、来年といわず今年も一緒に来たかったんじゃないの？」

極寒《ごつかん》の中で、さっとサッサの顔に朱《しゆ》が走った。

「そんなんじゃ、ないよ」

「あーっ、そうだったねえ」

優佳が楽しそうにコメントする。だから違うってとサッサは否定するけれど、ムキになるから、かえって本心が透けて見える。

そうだった。サッサには、物心ついて以来という男友だちがいるのだ。本人は否定しているけれど、言葉の端々から彼氏であることは間違いない。幼馴染みなら、家族ぐるみのつき合いという可能性が高い。だったらサッサの父上の運転する車に乗ってきても、嫌がられないだろうに。

「受験もそうだけど」

大學が不敵に笑う。「サッサにとっては、卒業の方が大切なんじゃないですか？　男女交際禁止の校則から逃れられるんだから」

ショージが追随《ついずい》する。

「彼氏って、大学生なんでしょ？　ようやく二人で堂々と、日の当たる場所を歩けるわけだ」

「わたしらは、犯罪者か」

言ってしまってから、自ら彼氏だと認めたことに気づいて、サッサの顔がまた赤くなる。可愛い奴だ。

「あいつは冬休み中も、ずっと大学に出なけりゃならないんだよ。ラットやウサギに、大晦日も正月もないからな。それ以前に、こっちは受験直前だぜ。しばらく逢ってないよ。そんなこと言って、ショージだって彼氏持ちだろうが。いちばん熱々のときなのに、放っておいていいのか?」

「いいんだ」

ショージはぬけぬけと答える。「そっちと同じだよ。今は我慢の時期だって、彼も理解してくれるから」

実は、ショージにも彼氏がいる。よりによって、三年生の秋に男を作ったのだ。

東京大学を志望校にしているショージは、敵情視察とばかりに駒場《こまば》祭――東京大学の大学祭に出掛けた。そこで出会った東大生と、あっさり恋に落ちてしまったらしい。

普通なら勉強どころではないはずなのだけれど、彼女の場合、合格しないと恋人と同じ大学に行けない。おかげで、それまで以上に勉強に力が入った。その結果、曲がりなりにもA判定をもらったのだから、恋する乙女は強いと実感させられるエピソードではある。

「いいなあ。彼氏持ち」

つい、本音が漏れてしまう。中学校から女子校に通っているわたしは、要領《ようりょう》の悪さもあってか、今まで男性と交際したことがない。しかし大学なら。志望校である横浜市立大学医学部は女子大じゃないから、出会いはあるはずだ。別に恋人を作りに進学するわけではないけれど、日の前に幸せそうな友人がいると、ついそんなことを考えてしまう。

「大丈夫だよ。小春は医者の卵を捕まえられるんだから」

まるで心を読んだかのような優佳のコメントに、どきりとする。しかし表情に出すことなく、優佳にヘッドロックをかけた。

そんなふうにじゃれ合っているうちに、本殿《ほんでん》にたどり着いた。ポケットから十五円を取り出す。賽銭《さいせん》箱に投げ入れ、柏手《かしわで》を打った。

合格できますように——。

目を閉じて祈る。元々わたしは、信心深い方ではない。子供の頃は親に連れられて初詣にも出掛けていたけれど、中学生になった頃には「面倒くさい」と行かなくなったくらいだ。もちろん受験勉強も同様で、正しい努力だけが合格へ通じると信じて、他力本願の姿勢は一切見せなかった。それでもひなさまの言うとおり、神頼みしたくなるときはあるものだ。

とはいえ、わたしは自分の祈りと同じくらい、後ろで待っている人のイライラが気になる質だ。お祈りの時間と合格率が比例しているわけでもないだろうから、そそくさと本殿を後にした。

「終わったーっ」

ショージが大きく伸びをした。まだ夜も明けていないのに、まるで今日の行事がすべて終わったかのようだ。

「みんな、これから家でごろごろ？」

試しに訊いてみると、全員が首を振った。

「いや、ひと眠りしたら勉強」

「今晩勉強しなかった分を、取り返さなきゃ」

「一年の計は元旦にあり、だからね」

「謙信はお屠蘇《とそ》か？」

サッサが意地悪そうに笑う。わたしはベリーショートの級友を軽く睨みつけた。

「わたしも勉強だよ。それに、わたしは飲めないってば」

答えながら、ちらりと横を見る。クラスでは酒飲みで通っているひなさまが苦笑していた。

「よし、戻ろう」

七人でぞろぞろ歩く。

「後、二週間だなあ」

先頭を歩くサッサが言った。今年のセンター試験は、一月十六日と十七日の二日間行われる。「いよいよか」

　優佳が小さく微笑む。

「わずか二週間でも、悪あがきしなきゃね。いくらお参りしたって、努力しない人間を、神様は助けてくれないよ」

「天は自ら助くる者を助く、ってやつか」

「助けられなかった人間に対する、神様の言い訳にも聞こえるけどね」

　ひなさまが冷静に指摘し、笑いが起きた。

「おやあ？　そんなこと言っていいのかな」

　ショージがからかうような口調になる。

「ここは神様の住み処だよ。今の発言は、絶対に聞かれたね」

　虚《きょ》を突《つ》かれたひなさまが、自らの口をふさぐ。サッサが歩きながら振り返った。にやりと笑う。

「これで、ひなさまは不合格確定だな。神様は呪いもするって――」


　声がそこで途切れた。後ろを向いたまま歩いていたサッサの足が、大鳥居の階段を踏み外したからだ。

「――っ！」

　声を上げる暇もなかった。前向きの慣性がついていたサッサの身体は、そのまま宙に放り出された。ひらひらと大學の顔が引きつる。地面に叩きつけられるサッサの姿を想像して、わたしの身体も凍りついた。

　しかし。運動神経のいいサッサは、宙で身体をひねった。そうやって地面に身体の正面を向け、顔面を強打《きょうだ》する前に両手を突いた。まず右手から、そして左手の順に。おかげで、女の子の顔は護《まも》られたようだ。サッサはそのまま地面にうずくまった。

「サッサ！」

　優佳が真っ先に階段を駆け下りる。わたしたちも続いた。うずくまったままのサッサを取り囲む。

「大丈夫？」

優佳がサッサの両肩に手を添えて話しかけた。しかし返事がない。

「ちょっと、サッ――」

言いかけて、言葉を止めた。

サッサが自分の右腕を左手で押さえて、苦悶《くもん》の表情を浮かべていたからだ。

＊　＊　＊

「大丈夫なの？」

わたしは登校してきたサッサに声をかけた。彼女は右腕をギプスで固められ、大きな三角巾で肩から吊っている。見るからに、痛々しい姿だった。

冬休みが終わって三学期に入ったが、三年生のカリキュラムはもうすべて終えている。後は、各自がそれぞれの志望校に向かって、ひたすら勉強するだけだ。それならば学校に出てこずに、自宅や予備校でやってもいいはずだけれど、それでは生活が乱れるおそれがあるから、毎日登校させるのだそうだ。学校に来れば、わからないことがあっても先生たちにすぐに質問できるから、こちらとしても都合がいい。

「大丈夫」

サッサは自由になる左手を振った。

「みんなには迷惑をかけて、申し訳なかった」

いつにない神妙《しんみよう》なコメントに、こちらの方が戸惑ってしまう。「いや、迷惑なんてことは、全然ないんだけど……」

初詣の夜。神社の階段で派手に転んだサッサは、父親の車ですぐに救急病院に運ばれた。医師の診断によると、右前腕《ぜんわん》部尺骨《しやつこつ》骨折。簡単にいえば、右腕の肘《ひじ》と手首の間の骨が折れたのだ。転んだときに右手を変な角度で突いたから、骨に妙な力が加わって折れてしまったらしい。

大変だったのは、サッサの父上だ。いくら娘の一大事とはいえ、友人の女子高生を夜中に放り出していくわけにはいかない。かといって一人ずつ家まで送り届けていては、娘の治療が遅くなる。ジレンマに陥ってしまった父上に、わたしたちは全員の総意として、病院まで全員が同行することを申し出たのだ。

　病院は急患で混雑しており——許せないことに、ほとんどが酔っぱらった挙げ句の急性アルコール中毒か、千鳥足《ちどりあし》で転んで怪我をした連中だった——、サッサの治療には時間がかかった。結果として、朝になるまでわたしたちも病院にいることになり、帰宅した頃には疲れ果てていた。そのままベッドで寝てしまい、起きたときにはもう夕方だった。こんな元日、はじめてだ。結局勉強できなかったわけで、サッサが迷惑と表現したのは、そのことだろう。

　こちらとしては、目覚めたときの「やっちまった」感は強かったけれど、取り返しのつかないダメージを負ったわけではない。しょせん半日程度、勉強できなかっただけだ。だから素直な気持ちで級友を気遣うことができた。

　強がりでなく、本気でいいことだと思っている。センター試験まで、残り十日なのだ。マイナス思考で集中力を乱されたくない。だからわたしは、サッサのためでなく自分のために、彼女を気遣ってやれてよかったと思っている。

「単純骨折だから、くっついたら今までと変わりなく使えるって言われたんだ。だから、何の問題もない」

　サッサは笑顔を作ったけれど、意識的なものだということは、すぐにわかる。本番直前に怪我をしてしまった彼女こそ、受けた精神的ダメージは大きい。元気が取り柄のサッサといえども、落ち込んでしまうのは当然だった。

「サッサの場合、治った後より、問題は今ね」

　優佳が腕組みした。こちらも心配顔だ。

「試験、受けられる？」

　最初は、精神をきちんと切り替えて受験生モードに戻れるか、という意味かと思った。しかし優佳が右手でペンを走らせる仕草をしたから、すぐに思い直した。サッサは右利きだ。その右腕を骨折してしまっては、鉛筆が握れないではないか。事実、ギプスは肘から手首の先までを、がっちりと固定している。まさか、サッサは、センター試験を受けることすらできない？

そう考えてぞっとしたけれど、サッサはまた左手を振った。続いて指の屈伸《くっしん》運動をする。

「それは問題ない。マークシートを塗《ぬ》り潰《つぶ》すだけなら、左手でもできる。実は休みの間、ずっと左手でマークシートを塗り潰す練習をしてたんだ」

「おおっ、さすがに用意がいい！」

ショージが小さく拍手した。サッサが胸を張る。

「まあね」

その表情が、少しだけ普段に近かったから、こちらも安心した。この調子ならば、本番までには完全に立ち直るだろう。そう思った。

しかし自習が始まると、自分が間違っていたことに気づいた。

ここまで本番が近くなると、今さら新しい問題集を手に取ったりはしない。そんなのは、今まで勉強していなかった奴の、苦し紛《まぎ》れの行動だ。同じ問題集を繰り返す方が、理解がより深まる。

というわけで、わたしは赤線やメモ書きでぐちゃぐちゃになった問題集に向かっている。わたしは右利きだから、問題集は左側に置く。問題集に視線をやると、どうしても左隣の席に目がいってしまう。そこには、サッサがいた。

ひと目で、集中していないことがわかる。落ち着かない様子で顔を左右に振ったかと思えば、左手で右腕のギプスに触れる。次の瞬間、慌てたように左手を離す。その左手で、問題集をめくる。しかし問題に意識が向いているとは、とうてい思えなかった。

ぼんやりと彼女の様子を眺めているうちに、わたしはサッサが勉強に集中できない理由を悟っていた。右手が使えないからだ。

　勉強とは、基本的に手でノートに書き込むことで成立している。頭で考えるだけでなく、手を動かすことによってはじめて、知識を自分のものにできるからだ。だからわたしたち受験生は、ひたすらノートに書き込むことで、合格をたぐり寄せようとしている。

　しかし、利き手を骨折したサッサには、ノートに書き込む作業ができない。いくらマークシートを左手で塗り潰す練習をしたところで、問題集の答えをノートに書き込む作業とは、難易度が全然違う。結局彼女は、ただ問題集の文面を目で追い、頭の中で解答を見つけるしかない。それでは、いつものように集中できないのは当然だ。

　将棋《しょうぎ》や囲碁《いご》の天才ならば、すべてを頭の中で完結できるのかもしれない。しかしわたしたちは、多少勉強のできる凡人に過ぎない。書き込むという作業を封じられたサッサは、勉強できないのと同じなのだろう。

　せっかちで行動派のサッサが、思うように動けない。焦れているのが、隣の席からでもわかった。心配になったけれど、すぐに思い直す。今は、他人の心配をしているときではない。まずは自分のことをきちんとやらなければ。そう思って、わたしは問題集に意識を戻した。

　チャイムが鳴った。一、二年生にとっては一時限目の終わり。わたしたち三年生にとっては、休憩時間を告げるチャイムだ。

「ちょっと、サッサ」

　わたしは身体を横に向けて、サッサと向き合った。一人仏頂面《ぶっちょうづら》していた級友がこちらを見る。

「集中できてなかったじゃんか」

　わたしの指摘に、サッサは渋面で笑ってみせた。

「見てたのか」

　優佳も心配そうに近寄ってくる。

「やっぱり、右手が使えないから？」

　サッサはうなずきかけて、すぐに首を振った。

「いや、ギプスしてると、腕がかゆいんだよ。それだけ」

　字が書けない上にかゆいとくれば、それはイライラもするだろう。わたしは、サッサが左手でギプスに触れようとして、すぐに離したのを思いだした。あれは、ただ気になるからだけではないのだろう。右腕を掻こうとして、ギプスの上からでは意味がないことに気づいてやめたということではないだろうか。

「ブレイン・マシーン・インターフェースが実用化されていれば、念じるだけで字が書けるんだけどね」

　優佳がマニアックなコメントをした。ブレイン・マシーン・インターフェースとは、思考で機械を動かすためのシステムのことだ。サッサが憮然とする。

「それは、わたしが開発する」

　サッサが大学でロボット工学を研究したいことを知っていてこその、優佳の発言だ。事実、サッサはロボット研究で有名な早稲田《わせだ》大学の創造理工学部を志望している。

　優佳は、さりげなく励ましたのだろうか。志望校で夢を叶える自分を思い起こせば、気持ちも奮い立つだろうと。そう思ったけれど、残念ながら彼女の気遣いは、級友に伝わらなかったようだ。サッサは落ち着かない様子で、左手でギプスをいじっていた。

　サッサが席を立った。

「トイレ、行ってくる」

　誰にともなく宣言すると、頼りない足取りで教室を出て行った。

　わたしたちは、サッサが消えた出入口を眺めていた。

「本当に、大丈夫なのかな」

いつの間にか傍に来ていたショージがつぶやく。

「確かサッサは、合否ラインぎりぎりのところにいるんじゃなかったっけ。高い目標に精一杯背伸びして、さらに指を伸ばしているような状態なのに、あんなに集中できなくて」

「まあ、これぱかりは、わたしたちにはどうしようもないね」

ひなさまが冷静に指摘する。冷たいようだけれど、口調から心配がにじみ出ていた。ひなさまの席は、サッサの左隣だ。どうやら、彼女も自習中、サッサの様子を窺っていたらしい。やはり目の前で怪我をされたとあっては、他人事と割り切れないのだろう。

「自分で、気持ちを切り替えてもらうしかない。今日は六日。どうせ本番まで十日しかない。中途半端に学力を上げようとするよりも、右手が使えない状態でも能力が発揮できる精神状態になることの方が、サッサには大切だと思うよ」

「ひなさま、立派」

ショージが感心したように言った。「それ、本人に言ってあげればいいのに」

「こんな恥ずかしいこと、面と向かって言えるわけないでしょ」

「そりゃ、そうだ」

「本番までに、もう一回週末がある。お休みが」

優佳がまだ出入口を見つめたまま言った。

「その間に、切り替えができればいいんだけど。ちょっと勉強から離れてみるとか」

とはいえ、最後の週末に気分転換しろと言ったところで、ムキになって机に向かうだけだろう。結局のところ、サッサが自分自身で処理しなければならない問題なのだ。

「でも、あれじゃあ――」

言いかけて、慌てて自らの口をふさいだ。サッサが受験に失敗するなんて、思っていても、決して口に出してはならない。理系なのに非論理的だとは思うけれど、言霊《ことだま》というものは、間違いなく存在する。言葉にした途端、それは実現してしまうのだ。わたしはサッサの不幸なんて、見たくない。

「見守るしかないか……」

特進クラスの人間である以上、誰もが他人に弱みを見せたくない。もちろん、サッサもそうだ。だからわたしたちは、上から目線で同情することはできない。事実、そんな暇があったら勉強するべきなのだ。他人にかまけているうちに自分が不合格になったら、目も当てられない。

「きっと大丈夫だよ。サッサなら」

ショージのつぶやきは、自分でも信じていない響きだった。

ところが。

週明けの十一日に、わたしたちは驚きの朝を迎えることとなった。登校してきたサッサが、その顔に満面の笑みをたたえていたからだ。

「おはよっす！」

教室中に響き渡る声で挨拶すると、サッサはすたすた——というよりも、ざかざかと自分の席まで歩いていった。

「元気じゃんか」

驚きを押し隠し、わざとからかうように言った。サッサは邪気のない顔で微笑み返す。

「おうよ。わたしは、いつだって元気だぜ」

「そりゃ、よかった」

「今週末は本番だからな。体調管理には気を遣わないと」

「かゆみは治まったの？」

「いいや、まだかゆい」言いながら、わざと左手の爪でギプスを掻いた。「これが最大の難点だなあ」

もう、ほとんど気にしていない口調だ。

「くそっ。神様の悪口を言ったのはひなさまなのに、どうしてわたしに罰が当たるんだ」

「日頃の行いでしょ」

予鈴の二分前に現れたひなさまがすぐさま切り返し、周囲に笑いが起きた。級友たちは、一様に安堵の表情だ。

どうやら、サッサは週末で気持ちの切り替えができたようだ。ひなさまを非難するような科白も、気持ちにゆとりが生まれたからだろう。先週までのサッサだったら、本気でそう思っていると受け取られかねない。冗談だからこそ、気楽に口に出せる。切り返したひなさまも、瞬時にサッサの状態を把握したからこその発言に違いない。

サッサはギプスをそっと撫でた。

「みんなには気を遣わせちゃったけど、もう大丈夫だから」

「そうあってほしいね。いつもみたいに走り回って、今度は左手を折らないでよ」

「本当にそうなったら、ただのバカだよ」

また笑いが起きたところで、予鈴が鳴った。それぞれ、自分の席に戻る。さあ、勉強だ。


どうやら、大丈夫という宣言は、本当だったようだ。

わたしは勉強しながらも、左隣の席を気にしていた。確かに、先週とは佇《たたず》まいがまるで違っている。まず、落ち着きなく身体が動いたりしない。どっしりと構えている。右手でノートに書き込めないのは変わらないけれど、左手の人差し指で参考書を丁寧になぞっている。そして指の動きに合わせるように、唇が動いてる。

よく見ると、参考書は英語だ。英語は、発音できないと憶えられないとは、よく言われることだ。実際に声に出さないものの、唇を動かすことで同じ効果を狙っているのだろう。なるほど、あれなら字が書けなくても身につく勉強ができる。英語に限らず、暗記系の科目には向いているだろう。

ロボット工学を志望しているくらいだから、サッサは数学や物理といった計算系の科目を得意にしている。どちらかというと暗記系に難あり、といったところだ。センター試験はいかに苦手科目を作らないかが大切だから、この直前に少しでも点を上げようと思ったら、暗記系を磨《みが》いた方がいい。その意味では、怪我によってむしろ方針がきっちりと定まったといえるだろう。わたしはサッサのリカバー能力に感心した。

それでも、やはり骨折した右腕は気になるようだ。掻きはしなくても、左手はときおりギプスに触れるし、視線は参考書から離れてギプスに落ちる。利き腕が使えないというのは、やっぱりハンディキャップには違いない。しかし、ギプスを見る目は険しいものではなかったし、触れる手つきも優しげなものだった。だから、本人の中では気持ちの整理はできているのだろう。

もう心配ない。わたしは安心して自分の勉強に取り組むことにした。わたしの強みは、全科目で安定した点数を取れることだ。だからセンター試験には自信がある。しかし油断すると足をすくわれるから、基本的なところをきっちり押さえる復習を進めている。これは、センター試験を二度受験する羽目になった姉のアドバイスだ。こう見えても、経験者の助言には素直に従うタイプなのだ。

まるでドリルのような単純な問題を解き進めつつ、左隣の席を横目で見た。サッサは先ほどと同じように安定した状態を保っている。問題ないようだ。そう思ったとき、視線の隅に違和感があった。

左隣のサッサの、さらに左隣の席。ひなさまもまた、サッサの様子を見ていた。ただし、わたしのように安堵の表情は浮かべていない。

その眉間には、しわが寄っていた。

「どうしたの？　ひなさま」

きっちり六時限目まで自習して、放課後になった。通常のカリキュラムである七時限目はないし、部活動もあるはずがない。ある者は帰宅するし、別の者は予備校へ行く。職員室へ質問に行く者もいる。残ったのは、わたしとひなさま、そして優佳の三人だ。親友の優佳はともかく、さすがは優等生のひなさまだ。目配せだけで、わたしの意思を理解してくれたようだ。だからこうして残ってくれた。

ひなさまは無表情だった。元々、感情表現が豊かな方ではない。しかし今は、意志の力で無表情を作っているようだ。

「どうしたって?」

応えにも、同じ匂いが感じられた。わたしは瞬きする。

「サッサ」

「サッサ?」

「自習中、サッサの方を見ていたでしょ」

「謙信もね」

言いたいことはわかっているけれど、言葉にしろ。そんな意思が伝わってくる口調だった。

「サッサは右手を使わなくてもできる勉強法を見つけ出した。マークシートは左手で塗り潰せるから、問題ない。おかげであの子は精神的ショックから立ち直ったみたいね。それなのにひなさまは、何が不満なの?」

しかしひなさまは、素っ気なく首を振った。

「不満なんて、ないよ。ただ、ちょっと気になることがあっただけ」

「気になること?」

ひなさまは教室の出入口に視線を送った。まるで、そこにサッサがいるみたいに。

「週が明けて、サッサは別人みたいになったね。もっとも、それがあの子の本当の姿なんだから、元に戻ったというだけのこと。でも、ちょっと変わり過ぎじゃない?」

「――えっ?」

思わず問い返していた。ひなさまは、何が言いたいのだ?

ひなさまが、また眉間にしわを作った。

「謙信が説明してくれたように、あの子は今の自分に合った勉強法を編み出した。それは賞賛《しょうさん》されるべきことだと思う。でも、やっぱり苦し紛れの代案に過ぎない。それなのに、そんなに簡単に明るくなれるものなのかな。やり慣れた勉強法ではないし、マークシートだって、左手ではどうしてもスピードが落ちる。ハンディは、決して消えていない」

「………」

「普段だったら、いいのよ。いつまでも落ち込んでいられないんだから。けど今は、本番直前なんだよ。自分の将来を左右する局面に、大きなハンディキャップを背負ってしまった。前にも言ったように、今から学力が大きく上がることなんてない。それでも本人にとっては、ライバルに置いて行かれる危機感の方が強いんじゃないかな。それなのにあの子は、あっさりと自分を取り戻した。その変わりように、違和感があるだけ」

あるだけと言いながら、ひなさまの表情はどんどん険《けわ》しくなっていく。

わたしはといえば、ひなさまの意見に聞くべきものがあると思いつつ、納得はしていない。わたしは、それを口にした。

「でも、現にサッサは復活したじゃんか。あれは、不安や恐怖を隠して、無理に明るくしているって感じじゃないよ。素で明るい、いつものあの子だった」

ひなさまは、わたしの意見を否定しなかった。むしろ積極的にうなずいた。

「そのとおり。だから、違和感があるんだよ」

それもそうか。では、ひなさまはサッサの変化から、何を読み取っているのだろうか。

「だったらひなさまは、サッサの変化にどんな理由をつけるの？」

訊いてみた。ひなさまはすぐに答えず、唇をへの字に曲げる。周囲を見回して、誰もいないことを確認してから、あらためて口を開いた。

「わたしとサッサは違う人間だから、あの子が何を考えてどんな結論を出したかなんて知らない。想像していることはあるけどね」

「想像って？」

「今説明したとおり、あの子の背負ったハンディが消えたわけじゃない。入試本番までにはギプスも取れるかもしれないけど、少なくともセンター試験では相当に不利な条件に置かれるのは間違いない。サッサは不安や動揺を感じているでしょう。そんな状況から今までの自分に戻れるとしたら、不利な条件が取り除かれたときだよ」

　しかし、条件は取り除かれたりしていない。わたしがそう指摘すると、ひなさまは首肯した。

「そう。だったら、もうひとつの可能性。不利な状況を上回るメリットが得られた場合。それならば、ハンディは帳消しになる。明るくもなるわね」

「上回る、メリット……」

　オウムのように繰り返す。それは、編み出した新しい勉強法のことではないだろう。あの勉強法ではハンディキャップは解消できないと、ひなさまが指摘したばかりだ。

「いい？　サッサは腕を骨折した。おかげで、それまでのあの子と違った点があるでしょ。それは、何？」

　あまりに当たり前の質問に、かえってすぐに答えられない。一瞬遅れて、わたしは答えた。

「ギプスをはめていることでしょ」

「そう」

　ひなさまは唇を噛んだ。

「そう。ギプス。わたしたちが持っていなくて、あの子が持っているのが、それ。本来ハンディであるはずのギプスがあることで、メリットがあるとすれば、何なの？」

　ぞくりとした。ひなさまが言いたいことがわかったのだ。けれどわたしの頭に浮かんだ仮説は、口にすると自らの舌を傷つけてしまいそうな、危険なものだった。舌先に載せて、そっと差し出すように、小さな声で言った。

「カンニング……？」

ひなさまがわたしを睨みつけた。なんてひどいことを言う奴だと。理不尽なその反応は、しかしわたしの言葉を否定していなかった。

「サッサを前にすると、ひと目で腕を骨折していることがわかる。そんなとき、ギプスをじろじろ見る人がいると思う？　どう考えても女の子の外見にとってはマイナスだよ。エチケットの観点からも、むしろ目を逸らして見ないようにするでしょう。あの子にとっては、誰にも見られないポケットがあるのと同じ。ギプスと三角巾の間とか、ギプスの内側にカンニングペーパーを隠すことができるかもしれない。さすがにギプスに直接年号を書いたりはしないでしょうけどね」

「…………」

「サッサは、土日のうちに、その可能性に思い至ってしまった。これならハンディどころか、むしろライバルより優位に立てる。知ってるでしょ。サッサの苦手科目は、暗記系。カンニングペーパーが最も有効に活用できる科目なんじゃないの？」

わたしは言葉を返すことができなかった。あのサッサが、カンニングだって？

あり得ない。わたしは、中学校時代から彼女を知っている。元気でがさつ、それでも不正だけは決してしない性格なのをよく知っている。サッサに限って、カンニングするなんてあり得ない。

わたしの感情はそう結論づけた。しかし理性は、ひなさまの意見に賛成していた。

いつものサッサだったら、カンニングなんて、決してやりはしない。しかし現在の彼女は、普通の状態ではない。圧倒的に不利な条件。本番直前の緊張感。焦りが、サッサの精神に悪影響を与えた。そして悩んだ挙げ句に、思い至ってしまったのか。自分がカンニングできる武器を手にしていることに。

バカな。そんなはずないだろう。わたしは自らの納得を罵倒《ばとう》した。しかし理性は反論する。道に落ちている百円玉を、普通はネコババしない。しかし暑い日で、極度に喉が渇《かわ》いていたら？　拾った百円玉をそのまま自動販売機に入れて、水を買ってしまうのではないだろうか。仮に交番に届けたところで、決して持ち主は現れないお金だ。だったらここで使ってしまっても誰も文句は言わないと。サッサは、百円玉を拾ってしまった。

ひなさまは視線を動かして、日本人形のような同級生の顔を見つめた。

「うすうすはどう思うの？　さっきからずっと黙っているけど」

わたしは恐る恐る優佳を見た。彼女はどうなのか。わたしたちと同じ結論に達したのだろうか。

しかし優佳の表情は暗くなかった。むしろきょとんとした顔を、わずかに傾けていた。

「うーん。考えすぎだと思うな。サッサは、カンニングなんて企《たくら》んでいないと思うよ。怪我をしたのは元旦でしょ。あれから十日も経ってるんだから、精神的ショックが抜けただけだよ」

ある意味優等生的な回答に、優等生のひなさまが眉間のしわを深くした。

「その十日間で、センター試験はさらに近づいてきた。焦りが大きくなったとは考えないの？」

「うん。考えない。土日の間に、気持ちの切り替えができただけのことだと思う」

これまた、あっさりした回答だった。ひなさまが顔面から力を抜いた。ふうっと息をつく。

「そっか。見解の相違ね。どっちにしろ、証拠のある話でもないし」

優佳はほんのわずかに微笑んだ。

「そうね。この話題は、ここだけにしておきましょ」

「うん。もう忘れた」

ひなさまはそれで会話を終了させたようだ。学生鞄を取り上げ、「じゃあね」と言い残して教室を出て行った。

取り残されたわたしと優佳は、数秒間そのままでいた。しかしいつまでも突っ立っているわけにもいかない。帰ることにした。

心に重い石を残したままで。


最悪の目覚めだった。

一月十六日。センター試験の初日だ。それなのに、頭がうまく回らない。おかげで試験会場ではなく、危うく学校へ行きそうになってしまった。

試験直前まで、ある程度集中して勉強できたと思う。けれど昨晩、本番前日の緊張感から、うまく寝付けなかった。布団の中で悶々《もんもん》としていたら、思い出してしまったのだ。サッサのカンニング説を。

級友がカンニングしようとしていることに、わたしの心はかき乱された。ショックもあり、不正に対する怒りもある。どちらも、睡眠の邪魔をする感情だ。おかげで明け方までごく浅い眠りしかできなかった気がする。起きて鏡を見たら、井戸から出てきた幽霊みたいな顔がそこにあった。誰だ、こいつは。

そんなわけで、とても万全な状態とはいえない中、わたしは試験会場に向かっている。ＪＲ横浜駅から相鉄《そうてつ》線に乗り換え、和田町《わだまち》駅で降りる。ここから歩いて二十分。そこに、わたしたちの試験会場、横浜国立大学がある。

「おはよっ」

和田町駅を降りた途端、背後から肩を叩かれた。振り向くまでもなく、優佳だとわかる。

優佳はわたしの横に並んだ。「いよいよだね」

「うん」

つい、素っ気なく応えてしまった。明るく挨拶する元気がないからだ。

気配をすぐに読み取ったらしい。優佳がわたしの顔を覗きこんだ。「冴《さ》えないね」

「わかる？」

「うん。昨夜、眠れなかったの？」

「正解」

優佳がにやにや笑いをした。

「肝っ玉母さんの小春でも、緊張することがあるんだ」

「誰が、肝っ玉母さんか」

普通の通学路だったら、ヘッドロックをかけているところだ。しかし今日は試験当日だし、そんな元気もない。そんなわたしの肩を、優佳がもう一度叩いた。

「大丈夫だって。小春はセンター試験みたいな問題は、得意中の得意でしょ」

「普通の精神状態ならね」

わたしは天を仰いだ。

「昨夜、サッサのアレが気になっちゃってさ。おかげで一晩中悶々としてたよ」

さすがに試験に向かう路上で「カンニング」なんて口に出すことはできない。しかし優佳ならば、何を言いたいか、すぐにわかってくれるだろう。

期待どおり、優佳はすぐにわかってくれたようだ。しかし彼女の反応は、こちらの予想外のものだった。目を見開いて、立ち止まったのだ。

「――えっ？」

「えっ？」

優佳の反応に驚いて、わたしも立ち止まった。優佳が瞬きする。

「どうして？」

「どうしてって……」

目の前の試験で、仲のよい級友がカンニング疑惑をかけられているのだ。気にならない方がどうかしているだろう。言葉を選びながらそう言うと、優佳が表情を変えた。あきれ果てたといったふうに。

「何、言ってんの」

甲高い声になりそうなのを、意志の力で抑えている。優佳はわたしの顔をまじまじと見つめてきた。

「あんな与太話《よたばなし》を、どうして気にしてるの？」

どうしても何も、今説明したばかりではないか。逆に、どうして優佳は理解してくれないのか。

優佳が頭を抱えた。

「ああ。本番のプレッシャーが、小春を狂わせてしまった。小春だけじゃなくて、ひなさまも」

そこまで言われては、こちらも反論せざるを得ない。

「そんなこと言っても、ひなさまの説には説得力があったじゃんかよ。優佳だって、あの仮説を論破《ろんぱ》できなかったし」

優佳は情けない顔になる。「論破、ねえ」

そして細い指で頭を掻いた。「そんな必要、あるの？」

そんな返し方をされてしまっては、答えようがない。

「必要といわれても……」

優佳が歩みを再開する。わたしは慌ててついていく。

「あれだけ賢《かしこ》いひなさまも、やっぱり試験のプレッシャーは大きかったんだね」

そんなことを言いだした。

「初詣はおつき合いだから、あの子が本気で神頼みしたとは思わなかったけど、よりによってあんな疑いを持つとは、ねえ」

優佳にしては珍しい、上から目線だ。優佳はわたしを見た。こちらは上からでなく、まっすぐ正面から。

「小春だって、自分で納得してたじゃない。サッサは自らのハンディを乗り越える勉強法を確立したから、明るくなったって。自分で結論を出しておきながら、どうしてひなさまの仮説で上書きしちゃったの？　だからプレッシャーでいつもの小春じゃなくなったって言ってるのよ」

「…………」

恥ずかしながら、指摘されるまで気づかなかった。そうだった。最初、わたしは結論を出していた。それなのにひなさまがあまりにも説得力のある仮説を出してきたから、そちらに理性が引きずられてしまった。その事実は否定できない。

　素直に認めたのに、優佳は冷たく首を振った。

「あの説のどこに、説得力があるのよ」

「どこって」わたしは懸命に考える。「だって、試験直前に骨折したんだから、そのショックや焦りからは、簡単に抜け出せない。そこに甘い罠《わな》があれば、ついそっちに流れてしまう。変な言い方だけど、綺麗な仮説じゃないの」

「全然、綺麗じゃないよ」

　優佳が言下に否定した。またわたしの目をまっすぐに見つめる。

「骨折した腕を、人はじろじろと見つめない。そのとおりよね。でもそれは、普通の人の話。では、普通じゃない人なら、どうだろう」

「普通じゃない人って？」

　女子高生マニアとか、盗撮マニアとか、そういった手合いだろうか。わたしがそう言うと、優佳はまた首を振った。

「この状況下で、どうしてそこに発想がいくのよ。わたしたちは、今、どこに向かってる？」

　言われて、ようやく思い至った。

「そっか。試験監督」

「そう」

　遅いよ、と言いたげな優佳の肯定だった。

「試験監督は、何をする人なのか。受験生の不正を監視する役割を持たされているでしょう。そんな人が『ここにカンペを隠してますよ』とアピールするような受験生が入ってきて、注目しないわけがないでしょ。試験中、むしろ気にして監視すると思うよ。職業意識の高い監督官なら、事前にチェックするかもしれない。あのサッサが、そんな簡単なことに気づかなかったとでもいうの？」

「それは、追い詰められて、そこまで気が回らなかったとか……」

「そんなゆとりのない人間が、元の明るい性格に戻るって？」

「………」

反論できなかった。週明けのサッサからは、悪巧《わるだく》みに走った人間特有の、荒《すさ》んだ感じはなかった。

優佳はため息をついた。

「ひなさまも、発想はよかったのよ。サッサは、骨折することによって他人と違う武器を得た。それがギプスであることも、正しいと思う。でも試験に思いが強すぎたおかげで、武器の使用法を間違えた」

「武器の、使用法……」

「ひなさまも、正解のすぐ傍まで来ていた。でも、たどり着けなかった。どうしてかな。初詣のときから、わたしたちは解答に至る情報を得ていたのに」

優佳がそこまで言ったところで、背後から車のエンジン音が聞こえてきた。わたしたちの脇で停車する。見覚えのあるミニバンだ。助手席のドアが開いて、サッサが降りてきた。

「おはよっ！」

いつもと同じように、往来に響き渡る声で挨拶してきた。優佳がにっこり笑って「おはよう」と返す。そして運転席の父上に会釈した。

「この前は、すみませんでした。幸運を祈ってますよ」

サッサの父上は、わたしたちにそう言って、車を発進させた。あっという間に見えなくなる。

「なんだ。お父さんに連れてきてもらったの？」

優佳が意地悪な口調で言った。サッサが顔を赤くする。

「怪我をしてるから心配だって、無理やり車に乗せられたんだよ」

子供じゃないのに、と膨れる顔は、いい親子関係が築けている証《あかし》だった。少なくとも、荒んだ感じはまったくない。

「ねえねえ」

優佳が妙に明るい声で言った。「ギプス、見せて」

——えっ？

優佳は今、何て言った？

慌ててサッサを見る。サッサは驚いた顔をしていた。「——どうして？」

「見せて」

優佳がもう一度言う。

胸が痛くなった。口では否定しておきながら、優佳はサッサの不正の証拠をつかもうとしている？

しかし、サッサは驚きの表情を、笑顔に変えた。

「ええーっ？　しょうがないなあ」

三角巾ごと、右腕をこちらに向ける。わたしと優佳は、ギプスを見た。サッサが視線を落とせばすぐに見える、でも本人以外には見えづらい、上面の少し内側を。

そこには、素朴な——はっきり言えば下手な文字が書かれていた。

『一緒に戦ってるよ』

その文字を見た途端、わたしはすべてを理解していた。

この文字は、サッサの彼氏が書いたものだ。

本番直前に怪我をしてしまい、リッサは激しく動揺した。プレッシャーも焦りもあった。だから、試験が終わるまで逢わないことにしていた彼氏に連絡したのだ。逢いたいと。

恋人の非常事態に、彼氏は飛んできた。そしてギプスにマジックで書いたのだ。サッサが最も勇気づけられる言葉を。もしかしたら、右手が使えない状態を逆手にとって暗記系の学力を向上させる勉強法は、彼氏が伝授したのかもしれない。

だからサッサは安定した。今週に入ってから、彼女のギプスを触る仕草は、それまでと明らかに違っていた。先週までは、かゆいところを掻こうとして、あるいは慣れないギプスが気になるから。しかし今週に入ってからは、そっと、優しく撫でるようだった。あれは、ギプスを撫でることで、彼氏の言葉を大切に抱いていたのだ。

そして勉強中、視線をギプスに落とした。集中力が切れそうになる度に、彼氏の激励《げきれい》を読んだ。そして気持ちを高めていたのだろう。しかしひなさまは、それをカンニングの証拠と受け取ってしまった。

わたしは、顔から火が出そうになった。サッサのひたむきな姿勢、そして彼氏の温かいいたわりに心が向くことなく、陰湿な仮説に流されてしまった。なんてひどい奴なのか。

しかし、優佳は違った。彼女もまた、ギプスを武器と表現した。もし彼氏の激励が、腕に直接書いたものだったら、風呂に入ったら消えてしまう。紙に書いたら、取り出した時点でカンニングと受け取られる。しかしギプスに書いたものなら消えないし、試験監督に見られても問題ない。まさしく、精神的に強力な武器だ。優佳が指摘したとおり、ひなさまは正解のすぐ近くまで来ていた。彼女は言ったのだ。さすがにギプスに直接年号を書いたりはしないでしょうけどね、と。ひなさまもまた、直接書く内容を間違えた。もっとすごい武器があるのに。

「いいなあ、彼氏持ち」

優佳が心底うらやましそうに言った。でへへ、とサッサが照れ笑いする。本番直前に、リラックスした級友たちの姿が、そこにあった。では、わたしは？

わたしは、自分の心がほどけていくのを感じていた。自分の勘違いは、恥ずかしかった。けれど、それを上回るいい話を聞けたではないか。だったら、上書きしてしまえばいい。わたしも友だちと一緒に、素直な気持ちで試験を受ければいい。

――よし。

脳を覆《おお》っていたもやもやが、瞬時に吹き飛んだ気がした。これなら、戦える。サッサみたいに一緒に戦ってくれる彼氏はいなくても、少なくとも優佳がいるではないか。三年間、共に勉強し、大いに助けられた親友が。

「おっしゃあ！」

つい、大声を出してしまった。優佳とサッサが驚いたようにわたしを見る。わたしは気にすることなく、友人たちに言った。

「がんばるぞ！」

おおーっと返してくれる。三人で握り拳を天に突き上げた。

わたしたちは、意《い》気《き》揚々《ようよう》と大学の門をくぐった。

さあ、本番だ。

優佳と、わたしの未来

プシュッという、プルタブが開けられる音が響いた。

「まあまあ」

オヤジのような科白を吐きながら、ショージがわたしのグラスに缶の中身を注《つ》ぎ入れる。乱暴に注いだせいか、黄金色の液体よりも白い泡の方が多い。テーブルの周りで、同じような光景が繰り広げられていた。

「みんな、注いだかーっ？」

ギプスの取れたサッサが立ち上がって、ビールの入ったグラスを掲げた。

「じゃあ、とりあえず卒業おめでとう！」

「おめでとうーっ！」

全員で唱和《しょうわ》して、グラスを傾ける。わたしもビールくらい飲んだことがあるけれど、苦くて到底おいしいとは思えなかった。今日も少しだけ口に入れて、やはりまずいと再認識する。でも、吐き出してしまうほどではない。もっと大人になったら、おいしく感じられるのだろうか。

うげ、とうめき声が聞こえた。ひらひらが口を歪めてビールのグラスを奥に押しやった。サッサが目を大きくする。

「おや。ひらひらは、ビールはダメか」

「やだね」ウサギのように愛らしい同級生は、眉間にしわを寄せた。「何が嬉しくて、こんなの飲むんだか」

「缶チューハイもあるぜ」サッサが傍らのクーラーボックスを開けた。中ではドリンク缶が氷水に浮かんでいる。「こっちならジュースみたいなもんだから、飲みやすいだろ」

「そっちがいい」

「あ、わたしも」

ひらひらの隣に座る大學も手を挙げた。

「ビールは、どうすんだよ」

「心配ご無用。わたしが飲むよ」

優佳が、ひらひらのグラスを手元に引き寄せた。

さすが姉上が軽音楽サークルのアル中分科会に所属しているだけのことはある。まるで普段から飲んでいるかのような自然な動作だ。

「しょうがないなあ、わたしももらおっか」

カッキーが大學のグラスを取った。ツインテールで酒飲みとは、なかなかマニアのツボを押さえる奴だ。

「わたしのも、お願い」

このタイミングを逃してなるものかと、わたしもグラスを前に押した。サッサが大きくした目を、今度は丸くする。

「謙信が、飲まないのか?」

「何を驚くか。わたしは元々飲めないよ。前も言ったじゃんか」

「じゃあ、わたしが」ショージがグラスを受け取る。

「あれ。ショージは飲めたんだっけ」

「うん」自分のグラスをくいと傾けてうなずく。

「彼氏と、ちょっとだけね」

「うわっ、不良だ！」

大學がのけぞった。「ぐへへ」とショージが笑う。ショージには、東大生の恋人がいる。そのため、彼氏と同じ大学に行くべく、猛勉強を重ねていた。当然、彼氏に勉強を教わったことも少なくないだろう。そして勉強の後に、彼氏と酒を飲んでいたらしい。

「それだったら、サッサだって大学生の彼氏持ちじゃんか」

ショージがサッサに話を振った。「二人で飲んでたんじゃないの?」

サッサは表情ひとつ変えなかった。「うん。飲んでたよ」

ショージがのけぞり、笑いが起きた。

ビールの代わりに、缶チューハイを受け取る。缶の色合いが最も甘そうな、ピーチツリーフィズとやらだ。チューハイというよりカクテルか。グラスはビールごと渡してしまったから、缶から直接飲む。こちらはちょっと変な味のするジュースといったところだ。これなら飲める。別に酒を飲むことが大人になったことを意味しないけれど、それでも今までいた場所から出てしまったという実感が湧いてきた。

三月三日。今日は、碩徳横浜女子高等学校の卒業式だった。午前中は体育館で卒業式が行われ、昼からは近くのホテルで謝恩会《しゃおん》。それが終わった夕方から、クラスでも仲のいい面々がサッサの家に集合した。卒業式の定番、慰労会《いろう》という名の飲み会を開催するためだ。

碩徳横浜女子高校は、お嬢様学校として知られている。お嬢様学校という呼び方は、校則が厳しい学校と同義だ。外での飲酒が発覚したら、よくて停学、悪くすれば退学になる。けれど卒業式の日に限っては、慣習として黙認《もくにん》されていた。その点に関しては、他の高校と変わりない。

しかしながら、さすがに居酒屋やカラオケボックスには行けない。卒業証書をもらったとはいえ、三月いっぱいは高校生扱いだ。問題を起こされたら学校が困る。こっちだって、後足で砂をかけて出て行く気はない。だからこうやって、誰かの家で開催するのが、先輩からの申し送り事項になっている。

「それにしても、なあ」

サッサが天を仰いだ。「卒業式が、こんなに感動しないものとは思わなかった」

「同感」ショージが同じように宙を睨む。「感慨《かんがい》はあったけどね。こんなに落ち着かない気分で感動しろってのも、無理な話だ」

「あら、わたしは感動したよ」

カッキーがすぐさま言い返す。「ちゃんと、涙も出たし」

「わたしも、わたしも」

ひらひらが挙手し、隣で大學もうなずいている。

「そりゃ、おまえらは、もう終わってるからだろ」

サッサが憮然とした。カッキーが嬉しそうにうなずく。

「そのとおり。合格発表が早いと、楽だねえ」

「くそっ」ショージが毒づく。

三月三日という卒業式の日取りは、ものすごく中途半端だ。なぜなら、大学によって合格発表の日程が違うから。多くの私立大学は卒業式までに合格発表が済んでいるけれど、国公立と一部の私立はまだなのだ。つまり、結果が出ている生徒と出ていない生徒が、同じように卒業式に出席する。卒業式前に合格通知を受け取った生徒は素直な気持ちで「仰げば尊し」を歌えるけれど、結果の出ていない生徒はもやもやするばかりだ。こんな宙ぶらりんな気持ちのままで、感動などできるはずもない。

かといって、合格した友人を貶《おとし》めるほど、わたしたちも狭量《きょうりょう》ではない。むしろ逆だ。もし一人でも浪人が決定していたら、場の雰囲気は相当暗くなっていたに違いない。そう考えると、むしろ積極的に、友人たちの快挙《かいきょ》を喜ぶ気にもなろうというものだ。わたしは険しくない視線を、卒業式で涙した友人に向けた。

「結局、カッキーは公徳か」

カッキーが右手でVサインを作った。「がんばったでしょ」

「まあね」

わたしは素直に認めた。カッキーは当初、文久大学医学部という、全然受験勉強をしなくても合格できる大学を志望していた。その後彼女の志望校に関してはひと悶着《もんちゃく》あったものの、結局そこそこ厳しく、けれど決して無理ではないレベルの公徳大学医学部を選び、見事に合格してみせた。これで両親への義理は果たしたと言わんばかりに、一日中マンガを描いているのだろう。

「大學とひらひらは、関東理科大学か」

今度は、いつも一緒にいる二人に話題を移す。

「大学に行っても、一緒とはね」

「成績が同じくらいですからね。志望校が同じでも不思議じゃないでしょう」

大學が前もって用意しておいたような答え方をした。わざとらしくひらひらの肩を抱く。ひらひらはひらひらで、「ごろにゃん」と言いながら、大學の肩に頭を載せた。やれやれだ。

慰労会に参加した七名のうち、すでに結果が出ているのはカッキーとひらひら、それから大學だ。三人とも私立の、二月中に結果が出る大学を選んだ。一方、わたし、優佳、ショージ、サッサの四人は、合格発表が三月八日。後五日間も、もやもやした気持ちのまま過ごすことが、運命づけられている。

わたしだって、合格通知くらい受け取っている。滑り止めとして東亜医科大学を受験していて、無事に合格しているからだ。しかしやっぱり、第一志望がすべてだと思う。余計な受験費用を負担させてしまった両親には申し訳ないけれど、仮に不合格だったら、わたしは浪人するつもりだ。つまり、滑り止めの合格通知は、心の安寧をもたらしてはくれない。

ショージが頭の後ろで手を組んだ。

「飲む気になれないからって、ひなさまが来なかった気持ちもわかるなあ」

何気ない科白だったけれど、わたしの心はわずかに痛んだ。センター試験直前から、ひなさまは、サッサを避けるようになったのだ。今日の慰労会に参加しなかったのだって、試験の結果が気になっているからではない。サッサと顔を合わせたくないというのが本当の理由だろうと、わたしは考えている。しかしそのことを知っているのは、わたしと優佳だけだ。

「まったくだ」

何も知らないサッサがうなずく。「でも、わたしは飲むけど」

そう言って、実際にグラスを傾けてみせた。

「わたしも」合わせるように優佳が自分のグラスを乾《ほ》して、ひらひらが残したビールにスイッチした。

「飲もうが飲むまいが、合格発表の結果には関係ないしね」

「おっ、いいこと言う」

「でしょ。むしろこれほど勉強しなくていいのは高校合格以来なんだから、それを楽しむくらいの余裕が必要なんだろうね」

「ううむ」ショージが唸《うな》った。「そのとおりだ。さすがに、うすうすは冷静だなあ」

カッキーが大きくうなずく。「つっか、すでに他人事になってるわたしらじゃなくて、当のうすうすが言えるところがすごい」

そんなことないよ、と優佳は謙遜するけれど、わたしは仲間たちと同じ感想を抱いた。ただ与えられた問題を解くのではなく、自ら問題を見つけ出し、問題の本質を見抜く。優佳はそのような作業に長《た》けている。彼女の能力は、当事者が自分自身であっても発揮されるらしい。

しかも、必要なんだろうねと言っている以上、優佳自身はまだ楽しめていないことを自覚している。カッキーが指摘したとおり、普通の高校生はそこまで自分を客観視できない。

「くーっ」サッサが奇声を発した。「本当にうすうすは、隙《すき》がないな」

優佳が顔をしかめた。「隙って、何よ」

「つっこみどころがないってこと」

カッキーが即答した。「ほら、うすうすってば、万事をそつなくこなすでしょ。サッサみたいに自爆しないし、謙信みたいに身の程知らずじゃないし。ボケてくれないじゃんか」

「あんたに言われたくない」

わたしとサッサが同時に言った。

「大体、わたしのどこが身の程知らずなんだよ」

「いつだったか自分のことを、クールビューティーだって言ったじゃんか」

予想外の切り返しに、思わずたじろぐ。

「あ、あれは若気の至りで……」

「ほら」カッキーは優佳の方を向いて言った。「うすうすは、こんなふうにたじろいでくれないから」

「そんなこと、ないよ」

優佳の返答は苦笑混じりだ。「そもそも隙なしキャラは、わたしじゃなくて、ひなさまでしょ」

「ひなさまは、優等生キャラ」カッキーはそう答えた。「それも、典型的な。うすうすは、ちょっと違うな。どちらかといえば、主人公を冷静な判断で助ける、頼れる友人役だと思う」

さすがはマンガ家志望。何でもマンガにたとえてくれる。わかりやすいし、納得のできる表現だった。

「あら、残念」優佳はちょっと意地悪な笑みを浮かべた。「主人公には、なれないんだ」

しまった、とカッキーが口に手を当てた。

「マンガだったら、ってことですね」代わって大學が答える。「マンガの主人公は、感情移入しやすいように造型しているから、単純で欠点だらけでしょう。うすうすはそうじゃないって話ですよ」

大學は特進クラス、というより学校随一の読書家だ。だから活字中毒というのが固定化された人物評だけれど、どうやらマンガも読むらしい。マンガをよく理解していないと出てこない解説だった。

「そう、そう」カッキーが、まさしくそれこそが自分の言いたかったことだと言わんばかりにうなずいた。

「まあ、冷静キャラではあるな」

サッサが腕組みした。「冷静キャラなのに、灼熱《しゃくねつ》の火山を研究しようっていうのが、不思議といえば不思議だけど」

優佳の第一志望は、東京工業大学だ。そこで火山の噴火予知を研究したいらしい。

優佳が細い指で頬を掻いた。「不思議って言われても」

「同感」ショージが挙手して言った。「火山学者って、フィールドワークしてるイメージだよね。うすうすが山登りしてる姿が、想像できない」

ショージの言うとおりだと思う。色白で日本人形のような優佳に、アウトドアは似合わない。

「そんなことないよ」

優佳が軽く手を振った。「キャンプくらい、行ったことあるし」

「お姉さんたちと？」

反射的に訊き、次の瞬間後悔していた。優佳は、姉上の大学に在籍する男子学生に憧れていた。けれど二年生のクリスマス直前にダメになったと、優佳自身の口から聞いたのだ。わたしの想像が当たっていたら、彼女に嫌な思いをさせてしまったかもしれない。そう考えて身をすくめたけれど、優佳は表情ひとつ変えなかった。「そうだよ」

途端に、カッキーが目をきらきらさせた。「それって、男の人も、いた？」

うわあ。やめろ、その展開は。

わたしはそう言いそうになった。それでも優佳は眉ひとつ動かさない。

「うん。いたよ」

「素敵な人、いた？」

「いたけど」優佳が遠い目をする。「何にもなかったなあ」

「ありゃりゃ、残念」

望んだ展開にならなかったからか、カッキーが拍子抜けした顔になった。「せっかくだから、何かあったらよかったのに」

無責任なコメントに、優佳がまた苦笑した。

「まあ、向こうは大人だからね。高校生なんて、相手にしていられないんじゃないの？」

「そんなことは、ない」

大学生の彼氏がいるショージとサッサが、同時に断言した。

「つき合ってるとわかるけど、大学生なんてガキだぜ」

サッサの言葉に、ショージが大きくうなずく。

「そうそう。うすうすの方が、よっぽど大人だね」

そんなことないって、と優佳はいなすけれど、みんな話題を変えるつもりはないようだった。

気の毒だけれど、みんなの気持ちは、わからないではない。隙がないと表現したように、優佳はみんなに話題を提供してくれないのだ。だから彼女を雑談のネタにすることは、高校三年間を通して、ほとんどなかったといえる。慣れないアルコールを入れて遠慮がなくなったのか、隙がないことそれ自体を隙に仕立てて、餌食《えじき》にしたいらしい。

「それで、キャンプに行ったのは、どんな人だったの?」

カッキーが野次馬根性丸出しで訊いてくる。ショージが乗っかった。

「ってか、うすうすは、夏フェスにも行ったんだよね。やっぱり、同じ人たち?」

「そうだよ」

「何人くらいで行ったの?」

優佳が指を折る。

「男性陣が四人で、女性陣がわたしを入れて三人」

「数が合わないじゃんか」

ひらひらのコメントに、サッサが仏頂面をした。

「別に合わせる必要はないだろ。話の腰を折るな」

「ああっ、なんてひどい言い方」

よよ、と泣き崩れるふりをして、大學にしなだれかかる。大學も「よしよし」と頭を撫でてやった。

その姿勢のまま、優佳に尋ねる。

「それで、その四人のうちに素敵な人がいたんですね。どんな人だったんですか?」

「みんな、素敵な人だったよ」

　ここに至っても、優佳の回答には隙がない。「いい人ばっかり」

「そりゃ、うすうすを前にしたら、誰だって恰好つけるだろう」

　サッサが身も蓋《ふた》もないことを言った。「言いたくないけど、うすうすくらい見た目がよかったら、男どもは争奪《そうだつ》戦を始めるぜ。いい恰好して気を惹こうとするに決まってる」

「うーん」優佳は腕組みをして、思い出す仕草をした。「あんまり、恰好つけられた記憶はないなあ。みんな親切にはしてくれたけど、それ以上じゃなかった」

「そうかな」ショージが露骨《ろこつ》に疑いの目で見た。

「うすうすが気づかなかっただけじゃないの?」

「気づかなかったのなら、なかったのと一緒だよ」

「ううむ」ショージが困った表情になる。「難しいこと、言うなあ」

「それで、どんな人たちだったんですか?」

　大學が強引に話を戻した。「四人いたってことですけど」

「そうね」優佳がまた遠い目になる。その表情を見ていて、わたしは思いつくことがあった。

　優佳は、過去形で話している。

　優佳の話では、彼女の姉は三つ上だ。だから、この春大学四年生になる。卒論で忙しくなるだろうし、その先輩となれば、卒業しているか大学院に行っているかだ。そして優佳自身も、違う大学に進学する。優佳が年上の仲間たちと過ごした楽しい日々は、もう終わりを告げてしまったのだろう。だから、失恋に絡む思い出も、懐かしそうに話せるのかもしれない。

　でも、それも冷静な優佳だからこそだと思う。わたしだったら、失恋の記憶を淡々と話すことなどできない。

　優佳が眩しそうに微笑んだ。

「年齢順にいうと、まずはおっとりした優しい人ね。いいとこのお坊ちゃんらしいけど、お金持ちをひけらかすようなこともない、できた人」

「玉の輿《こし》じゃんか」

カッキーが口を挟み、友人たちから冷たい目で睨まれた。優佳も聞こえなかったように話を続ける。

「次は、リーダーシップの取れる、切れ者って感じの人。いつも冷静で、的確な判断ができる。大学にはすごい人がいるなあって感心したよ」

なんだかすごそうだけれど、身近にそんな人間がいないせいか、今ひとつピンと来ない。

「それから、旅好きな人。バイトでお金を貯めて、よく東南アジアに一人旅してる。かといって孤独を愛するってわけじゃなくて、後輩の面倒見もすごくいいんだ」

「スナフキンみたいだな」

今度のカッキーのコメントは、独り言に近かった。本当に優佳が説明したとおりの人物だったら、言い得て妙だ。


「最後に、愛されキャラの人。いちばん年下だからって『丁稚《でっち》』って呼ばれていじられてるけど、素直でまっすぐだから、みんなに愛されてる」

「うすうすの口から聞くと、確かにみんな素敵に思えるね」

ひらひらが缶チューハイを飲んでコメントした。頬がほんのり赤くなっている。「それで、そのうちの誰を狙ってたの？」

だから、やめろって。優佳はふられたんだ。古傷を開こうとするな。

わたしはひやひやしながら優佳の様子を見ていたけれど、優佳はむしろ悪戯っぽく笑った。「教えない」

「えっ？」

「あっさり答えを言ったら、面白くないでしょ。みんなで、四人のうち誰なのか、当ててみて」

「おっ、面白い」

すかさずショージが乗ってきた。サッサも身を乗り出す。

「みんなも、やるか？」

「やる」

「賛成」

次々に声が上がった。「謙信は？」

わたしはためらった。いくら優佳本人からの提案とはいえ、やっぱり親友の失恋話は楽しいものではないからだ。とはいえ、反対して場の雰囲気を壊すのもためらわれる。仕方がない。失恋したのはもう一年以上前の話なのだから、優佳は完全に立ち直った――あるいは、新しい恋人を見つけた――と考えよう。

「いいよ」

サッサがぽんと手を打つ。

「よし。じゃあ、究明開始だ。まず四人を、便宜上命名しよう。そうじゃないと、話がしにくい」

「『坊ちゃん』、『切れ者』、『スナフキン』、『丁稚』――そんなところかな」

すかさずカッキーが言った。そのまんまだけど、別にひねる必要もない。

「いいんじゃない？」

「うすうす、いい？」

「まあ、本人がいないから、いいんじゃないの」

「オッケー。最初に確認したいのは、うすうすは顔で選んでないよな。顔で選ばれてたら、わかるわけがない」

それもそうだ。優佳はぱたぱたと手を振った。

「それは大丈夫。外見は決め手じゃないから」

「その言葉、信じるぞ。じゃあ、どこから始めたらいいかな」

「それぞれの人間性を、もう少し訊いてみましょう」

大學が言った。「『丁稚』がみんなに愛されていたのはわかりましたけど、他の人はどうなんですか？」

「別に、敬遠《けいえん》されてた人はいなかったな。集団にたいてい一人くらいいる、毒のある人も見当たらなかったし」

「『切れ者』も？　リーダーシップの取れる人だと、周りは一目置く反面、距離を置いたりしない？」

「そんなこともなかったな」優佳の視線がまた遠くなる。「頭は冷静で、心は熱いってタイプの人なんだ。それでも、偉そうにしてなかったし、押しつけがましいところもなかった。だから、煙たがられたりもしてないよ」

「ふむ」ショージが腕組みした。「『坊ちゃん』はおっとりしてたってことだから、あんまり他人とトラブルを起こさないと思う。でも、感性が違いすぎて、会話が嚙み合わなかったりしなかった？」

「ない、ない」優佳が笑う。「おっとりっていっても、別に浮世離れしているわけじゃないよ。悠揚《ゆうよう》迫らざるって方が正しいね。安定感があったから、『切れ者』とは別の意味で頼りにされてた」

「じゃあ、『スナフキン』は？　後輩の面倒見がいいってことだったけど、先輩受けは？」

「別に、悪くなかったよ。フットワークがいいし、勘がよくて相手の意図を正確に酌んだ対応ができる人だから、先輩からの信頼も篤かったと思う。ありゃ、社会に出ても有能な社員になるね。いや、確か公務員志望だったから、有能な職員か」

　話を聞いていると、そんな人たちが一堂に会しているのが不思議に思えてくる。奇跡的な偶然でもないと、実現しないんじゃないだろうか。そう思ったから、疑問を口に出してみた。

「美点はわかった。じゃあ、欠点は？　誰だって、欠点のひとつくらいあるでしょ」

「欠点か」

　優佳が温かみのある笑みをみせた。

「何をもって欠点というかは、人それぞれだと思うけど」

「優佳尺度でいいよ」

「わかった。まず『坊ちゃん』だけど、翻訳家になりたいそうなんだ。将来的に、きちんと生活できるのかが不安といえば、不安かな」

「いいとこの坊ちゃんなんでしょ？　お金持ちだから生活には困らないじゃんか」

「親がお金持ちなのと、自分がお金を持っているのとは違うよ」

それもそうだ。

「『切れ者』のいちばんの欠点は、煙草《たばこ》を吸うところね。わたしは、煙草が苦手だから。もちろんわたしたちに煙を吹きかけたりはしないけど、近くにいたら、どうしても煙草臭い」

「あ、それは嫌かも」

ひらひらが同調した。わたしも同感だ。わたしも煙草は苦手だ。というより、はっきりと嫌っている。何が嬉しくて自分の肺を汚すのか、まったく理解できない。

「『スナフキン』は、やっぱり煙草を吸うところと、ちょっと自意識過剰なところがあるかな」

「自意識過剰？」

「うん。後輩の面倒見がいいって話をしたでしょ。勘がよくて相手の意図を正確に酌んだ対応ができるとも。なんとなくだけど、自分がそんな行動を取っていることを、常に意識しているように見えるんだ」

「ナルシストか」

「鼻につくほどじゃないけど、ちらちら見えるかな。まあ、うちのクラスを含めて、優秀な人間には誰でもそんなところはあるけど」

「認めたくないけど、否定もできないな」

意外と素直にサッサが認めた。「『丁稚』は？」

「これを欠点といったら申し訳ないけど」優佳は目の前に『丁稚』がいるかのように、申し訳なさそうな顔をした。「仲間うちでは最下級生だから、本人もそれでいいと思ってたところはあるな。先輩の言うことには唯々諾々《いいだくだく》って感じ。まあ、だから『丁稚』って呼ばれてるんだけど」

「やや頼りないってことか」

「二人きりになったら、また違うんだろうけどね」

欠点だけ聞いていると、今度はごく普通の学生たちに思えてくる。優佳の表現が巧みなせいもあるのだろうけれど、それぞれの人物像がなんとなく見えてきた気がした。

今度はカッキーが口を開いた。

「さっき、年齢順って言ったけど、学年的にはどんな感じなの？」

「うん」優佳が考えをまとめるように、宙を睨んだ。

「『坊ちゃん』と『切れ者』が同学年。元々はこの二人が親しくしてたことから始まった集まりなんだ。『スナフキン』はその一学年下で、お姉ちゃんと同学年。『丁稚』はさらに一学年下って構成。わたしとお姉ちゃんは三つ違いだから、最年少の『丁稚』は、わたしたちより二学年上ってことになるね」

「なるほど」

全員が頭の中で順序を整理した。仮にも特進理系クラスだ。その手の作業は得意だ。全員がすぐに自分のものにした。

「彼女は？」

サッサがずばりと訊いてきた。「その四人には、彼女がいたのか？」

「ちょっと待った」ショージが遮った。「今は、うすうすが誰を好きだったかって話じゃなかったっけ」

もっともな反論だったけれど、サッサは大まじめだった。

「うすうすの恋愛と、相手に彼女がいるかどうかは関係ないだろう」

ショージが鼻白んだ。「……確かに」

サッサは正面から優佳を見つめた。「どうだ？」

優佳は、平然と友人の視線を受けた。「実は、知らないんだ」

「知らない？」

「うん。いたのかもしれないけど、女の子の前では、そんな話はしないみたい。わたしがわかってるのは、四人ともうちのお姉ちゃんとつき合っているわけじゃないってことくらい」

「もう一人は？　女の人は、もう一人いたんでしょ？」

「違うと思う。その人は『坊ちゃん』や『切れ者』よりも先輩だったから、恐れ多くてつき合うなんてそんな、って感じだった」

そんなに怖い人なのだろうか。まだ見ぬ女性に恐怖を抱きかけたけれど、優佳は最年長の女性について、それ以上話を発展させる気はないようだった。

少し上目遣いになってサッサを見返す。

「今の質問は、わたしの反応から答えを見つけようとしたんでしょ」

サッサが頭を掻いた。「ばれたか」

「反則だ！」

カッキーとひらひらがサッサを指さす。優佳はぱんぱんと手を打った。

「こんなところかな。今の情報から、わたしの相手がわかった？」

「ええーっ、もう？」

ショージが声を上げたけれど、他に訊くことを思いつかないのも事実だ。サッサが大きくうなずいた。

「よし。一人ずつ答えを言っていこう。もちろん、根拠も。それじゃ、わたしから。わたしは、『坊ちゃん』だと思う」

ショージが挑むような目をした。

「ほほう。その根拠は？」

サッサは天井に向かって人差し指を立てた。

「まず、『切れ者』と『スナフキン』は真っ先に除外した。なぜなら、うすうすは煙草が苦手だからだ。いくら素敵な人でも、煙草臭かったら反射的に避けるだろう。残る『坊ちゃん』と『丁稚』のうち、『坊ちゃん』を選んだ理由は、『坊ちゃん』の欠点にある」

「欠点に？　美点じゃなくて？」

「もちろん美点も重要視してるよ。悠揚迫らざる態度は、安定感につながる。女の子が年上の男性に求めるのは、それだろう」

　ひらひらが唇を尖らせた。

「でもうすうすは、翻訳家志望だと生活が心配だって言ったじゃんか。それって、安定感とはほど遠いよ」

「そこだよ」サッサはひらひらに人差し指を突きつけた。「うすうすが、その点をあえて欠点に挙げたことこそが、決定的なポイントになっている。うすうすにとって、『坊ちゃん』の将来が他人事じゃないから、欠点に挙げたんだろう。他人事じゃない。つまり、『坊ちゃん』こそが意中の人だ」

　サッサは切れ味鋭い笑みを優佳に向けた。「どうだ？」

　カッキーが慌てて両手を振った。

「ストップ！　まだ全員が答えを言ってないんだから」

　優佳がうなずいた。

「大丈夫。じゃあ、カッキーの答えを聞きましょうか」

「わたしは『丁稚』だと思うな」

　カッキーはサッサに視線を向けた。

「途中までは、サッサと同じ。煙草を理由に『切れ者』と『スナフキン』を除外したところまではね。でも、そこからが違う。『坊ちゃん』じゃなくて『丁稚』を選んだ理由のひとつは、年齢」

「年齢？」

「うん。『坊ちゃん』と『丁稚』の間にお姉さんが挟まってるってとこがポイント。お姉さんよりも年上となると、さすがにおっさんに見えるでしょ。まだ歳の近い方に親しみを覚えると思うな。それから、サッサと同じく欠点が決め手になった」

「欠点って、頼りないのが決め手なのか？」

「そこじゃないよ」カッキーが立てた人差し指をメトロノームのように動かした。マンガのキャラクターのような仕草だ。

「うすうすは、付け加えたでしょ。『二人きりになったら、また違うんだろうけどね』って。この科白から、ふたつのことがわかる。ひとつは、実際には二人きりになったことはないってこと。そしてもうひとつは、うすうすが期待しているってこと。期待していることが、すなわち意中の人であることを証明していると思う」

むう、とサッサが唸った。カッキーの説に説得力を感じたからだろうか。二人同時に、ひらひらと大學を見た。

「おまえらは？」

大學が手を挙げた。

「わたしは『坊ちゃん』だと思います。といっても、理由はサッサとはちょっと違いますけど。煙草は二人が言ったとおり。煙草を吸わない二人の中から『坊ちゃん』を選んだ理由は、その人が翻訳家を志望しているからです」

カッキーが瞬きした。「生活が危ないのに？」

「生活じゃないですよ」大學が黒縁眼鏡の位置を直しながら答えた。「生活じゃなくて、正確。翻訳っていうのは、言葉をひとつひとつ丁寧に拾い上げて、作者の意図を読み取りながら正確に日本語に移していく作業でしょう。『坊ちゃん』には、それができるわけです。そんな緻密《ちみつ》さは、うすうすにぴったりだと思いませんか？　二人とも、お似合いっていう観点が欠けてますよ」

「言うねえ。ひらひらは？」

ひらひらは、大學の腕にしがみついたまま口を開いた。

「わたしは『スナフキン』だと思う」

「ええーっ？」ショージが素っ頓狂な声を出した。

「一人旅好きなんだから、放っておかれちゃうよ」

「一緒に行けばいいじゃんか」

ばっさり切り捨てるように答えた。ショージは反論できない。ひらひらは、くりくりした目で続けた。

「わたしが気になったのは、うすうすが口にした、それぞれの欠点。『スナフキン』の欠点だけは、人格に根ざしたものだったでしょ。他は生活とか煙草とか、外面的なものだったのに」

「『丁稚』も頼りないっていう、人格だったぞ」

サッサの指摘にも、ひらひらは動じなかった。

「カッキーが言ったじゃない。うすうすは、二人きりだとそうじゃないって期待してるって。だから本当の意味では、欠点とは考えていない。でも、『スナフキン』は違う。逆に言えば、うすうすは『スナフキン』だけは、深く人格まで気にしているってこと。それだけ気になってるんだよ」

「煙草は？」

「禁煙させればいいじゃん。どうせ、デート代を捻《ねん》出《しゅつ》しなけりゃならないんだから、煙草なんて吸ってる余裕はないよ」

全国の愛煙家が聞いたら激怒しそうな答えだったけれど、煙草嫌いのわたしには納得できる意見だ。

「……ショージは？」

「わたしは、なんといっても『スナフキン』」

ショージは自信満々といったふうに胸を張った。

「だって、うすうすが実務的な能力を具体的に褒めたのは、『スナフキン』だけだよ。社会に出ても有能な社員になるねって。それに比べて、『坊ちゃん』はおっとり、『切れ者』はリーダーシップ、『丁稚』は素直でまっすぐ。どちらかというと性格に属することで褒めている。うすうすほどデキる女が、性格がいいだけで好きになるか？　やっぱり、仕事のできる男を選ぶと思う」

「ナルシストでも？」

「優秀な人間には誰しもその傾向があるって、うすうすは付け加えたじゃんか。サッサも納得してたと思うけど」

またサッサが唸った。ショージの正しさを認めたのだ。

優佳を除く全員の視線が、わたしに集中した。

「謙信はどうだ？　いつもうすうすとつるんでるから、考えるところもあるだろう」

「うん」

わたしは曖昧にうなずいた。確かに、考えるところはある。みんなの意見も聞いて、自分の仮説が次第に形になってきた。

それでもためらってしまう。もう吹っ切れたのかもしれないけれど、やっぱり自分をふった男性の話だ。正しければ正しいほど、優佳を傷つけてしまう気がした。そっと優佳を見る。目が合った。優佳が小さくうなずいた。言っていいと。

わかった。覚悟を決めるよ。

「わたしは、『切れ者』だと思う」

「おっ、新説だ」

ショージが混ぜっ返した。わたしは友人をひと睨みしてから話を続ける。

「大學が、お似合いっていう観点を持ち出したでしょ？　わたしも、それは正しいと思う。ただ、わたしは優佳とお似合いなのは、『坊ちゃん』じゃなくて『切れ者』だと思うんだ」

大學が黒縁眼鏡のレンズを光らせた。「どうして？」

「人間って、あんまり違いすぎる人間のことを好きにならないと思う。ある程度似たもの同士がくっつく。違う？」

わたしは二人の彼氏持ちを見た。ショージと、サッサ。二人とも一瞬言葉に詰まり、続いて賛意を示してくれた。

「わたしは、優佳と『切れ者』が似たもの同士だと思ったんだ。どうしてかというと、『切れ者』が、冷静で熱い人だから。みんなも言ってたでしょ。優佳は冷静キャラなのに、灼熱の火山に興味を持つのが不思議だと。全然不思議じゃなかった。優佳もまた、頭は冷静だけど心が熱いからだよ。だって、雲仙普賢岳の噴火で何人もの人が亡くなったのを見て、噴火を予知することで死者が出るのを防ごうとするなんて、心が熱くなきゃやらないでしょ」

わたしが口を閉ざすと、沈黙が落ちた。誰もが、それぞれの仮説を頭の中で検証しているのだ。

「うすうす」サッサが沈黙を破った。「正解は?」

優佳は、手刀を顔の前に立てた。

「ごめんね。小春が正解」

ええーっ、という叫び声が合唱で響き渡った。

「どうして――」言いかけて、サッサは天を仰いだ。「事実はひとつなんだから、仮説にいくら整合性があっても意味がないか」

「そういうこと」優佳は笑顔に戻った。「みんなの意見を聞いていると、どうして自分がそうしなかったんだろうと思うくらい、説得力を感じたよ。でも、残念ながらわたしが好きになったのは『切れ者』なんだ。似たもの同士かどうかはともかく、あの人みたいになりたいって思ったのは本当のこと。とっくの昔にふられちゃったんだけどね」

「そっか」カッキーが優佳の肩をぽんと叩いた。「落ち込むことはないよ。東工大なら、優秀な奴は山ほどいるってば」

「まだ合格してないって」

優佳が苦笑し、サッサが頭を掻きむしった。

「ああーっ! せっかく忘れてたのに、思い出させたなーっ!」

カッキーにヘッドロックをかける。ぐえ、とカッキーが潰れたカエルのような声を上げた。


上大岡駅で、電車を降りた。駅舎を出て、足を踏み出す。ここから家まで、歩いて十分程度だ。

卒業式は宙ぶらりんな気持ちだったけれど、慰労会はいい集まりだったと思う。優佳がプライバシーをネタとして供出してくれたおかげで、楽しい時間を過ごすことができた。

わたしは『切れ者』を想像しようとした。頭は冷静で、心は熱い。リーダーシップが取れて、周りから慕われている。優佳が憧れ、そしてふられた男性のことを。しかしどうやっても、形にならなかった。

『切れ者』は、どうして優佳を拒んだのだろう。

そんなことを考える。親友ということを差し引いても、優佳は魅力的な女性だと思う。才色兼備《さいしょくけんび》に性格の良さが加わっているのだから、最強の女子高生だ。並大抵の男では釣り合わないと思うけれど、優佳の話を聞くかぎり、『切れ者』は優佳の傍にいる資格がありそうなのに。

それほど深い理由はないのかもしれない。そうも思う。サッサは優佳に対して、想い人に彼女はいないのか確認していた。考えてみれば、優佳が好きになるくらいだから、相当モテる男であることは疑いない。とっくに彼女がいても不思議はないだろう。優佳は、出会うのが少し遅かった。それだけのことかもしれない。いや、その可能性が最も高いだろう。二股をかけるような男じゃないかぎり、彼女がいれば、どれほど魅力的な女性に告白されたとしても「ごめんなさい」と言うしかない。

「冷静で熱い、か……」

わたしは歩きながら、口に出してみた。そう。優佳は冷静だ。そして心は熱い。そう思う。入学以来、彼女はその知力によって、何度も友人たちの危機を救ってきた。心が熱い人間でないと、できないことだ。

そう納得しかけたとき、心が不意にざわめいた。わたしは戸惑う。なぜ、ここで心がざわめく？

気のせいだ。普段は飲まないアルコールを口にしたから、脳の動きがいつもと違っているだけだ。さっさと家に帰って、お風呂に入ろう。そうしたら、元に戻る。わたしは足を速めた。

目の前で、歩行者用信号が点滅している。ダッシュしたら間に合いそうだったけれど、わたしは自重した。酒を飲んでいるから、足がついてこれずに転んでしまうかもしれない。

そういえば、優佳がその優秀さをわたしに披露したのは、赤信号が最初だった。あれから、もう三年経ったのか。

――と。

突然、背筋にぞくりとするものが走った。

ちょっと待て。あのとき、優佳は何をした？

歩行者用信号が点滅したらダッシュするという、学校の言い伝え。優佳は、話を聞いただけでその背後にある危険を看破《かんぱ》した。けれど、優佳は看破しただけだった。彼女は、危険が現実のものになるのを、放置していたのではないか？　言い伝えの危険に気づいた時点で、先生に働きかけるとか、未然に防ぐ方法はあったのに。

わたしは慌てて頭を振った。自分は、なんてことを考えるのか。

しかし回り始めた思考は止められない。一年生の夏から冬にかけて。ショージは恋に落ちて、そして別れた。あのときもそうだ。優佳はショージの恋が危険なものだとわかっていた。停学、あるいは退学になる可能性すらあった。しかし優佳は、ショージに対して、積極的に別れさせようとはしなかった。ショージが問題を起こす前に相手と別れたのは、幸運だったに過ぎない。優佳は結果を喜んだけれど、彼女自身は何もしなかった。放っておいても別れると考えてはいても、自ら危険を回避させようとはしなかった。

では、ひなさまはどうか。二日酔いで登校していると評判の優等生に対して、優佳は優しい言葉で諭《さと》したではないか。おかげで、ひなさまは荒まずに済んだ。ほら、なんて友情に篤い奴だ。

そう考えようとして、すぐに自分が間違っていることに気づいた。優佳は、やはり放置していた。彼女が行動を起こしたのは、わたしが怒ったからだ。だから優佳は「仕方がないな」といったふうに案件を処理した。

いや待て。ひらひらと大學のときはどうか。あのときは、優佳は自主的に動いて彼女たちの助けになったではないか。友情に薄い人間が、そんなことができるわけがない。

それも違う。あれは、エチケットの範囲内だ。エチケットは、友情とは何の関係もない。優佳が必要なときに必要な行動が取れることを、証明したに過ぎない。

赤信号の前に立っているだけなのに、心拍数が勝手に上がっていくのを感じていた。

カッキーはどうだ？　優佳は、カッキーが志望校選びを誤りそうになったときに、正してあげたじゃないか。

残念ながら、それも違う。ひなさまのときと同じだ。わたしが行動を起こすよう主張したから、動いた。カッキーのためじゃなく、親友であるわたしの顔を立てるため。

つい最近は？　センター試験前。優佳は、サッサに関して何の心配もしていなかった。それはいい。サッサは、優佳の助けなど必要としていなかった。しかし、ひなさまについては？　ひなさまがサッサに対して素直になれなくなったことを、優佳は知っていた。しかし彼女は、ひなさまの誤解を解いていない。それは、今日ひなさまが来なかったことが証明している。誤解が精神的ストレスになって、受験に悪影響をもたらすかもしれないのに。リスクを知っていながら、優佳は問題を放置し続けている。わたしが主張すれば、簡単に誤解を解いてあげたかもしれない。しかしわたしも自分の受験に手一杯で、友人のことに気を配る余裕がなかった。だから優佳もまた、何もしていない。

ぐらり、と視界が揺れた気がした。優佳は、自主的には友人たちを救ってはいない。彼女は問題を自ら発見し、本質を捉え、解答を導き出すことができる。しかし優佳にとっては、それで終わりなのだ。結果問題がもたらす結果については、関心の外だ。結果が級友を滅ぼすものであったとしても、彼女にとってはどうでもいいことなのかもしれない。

高校生活も終わりになって、わたしははじめて優佳そのものを見た気がした。彼女があまりに優秀だったため、今までのわたしは彼女の理の部分しか見なかった。優佳の本質、情の部分が見えていなかったのだ。

頭は冷静で、心は熱いだって？

違う。碓氷優佳は、そんな人間ではない。優佳は、頭は冷静で、心が冷たい人間なのだ。

ひょっとしたら、火山学を志しているのも、人助けの為ではないのかもしれない。小学生だった彼女は、ごく単純に火山のパワーに感動したのではないのだろうか。人間を簡単に吹き飛ばしてしまうパワーに。

おそらく、本人は自覚していない。自覚していたら、わたしが何を言おうとも、放っておいたはずだ。自覚していないからこそ、言われるまで放っておいたし、言われたら対処したのだ。言われなければ、自分が他人に何の関心も持っていないことにすら気づかない。イノセントに残酷な人間。それが碓氷優佳だ。

缶チューハイ一本しか飲んでいないのに、まるで泥酔《でいすい》しているかのように足がふらついた。

なんということだ。友人を見捨て、見捨てていることにすら気づかない人間を、わたしは三年間も親友だと思っていたのか。

ひょっとして、『切れ者』もそうなのか。彼こそ、頭は冷静で心は熱い人間だ。しかも、相当優秀らしい。『切れ者』は、優佳の正体に気づいてしまった。自分と、似て非なるもの。頭は冷静で、心が冷たい少女を前に、想いに応えることができなかった。なぜなら、似たもの同士ではないから。似たもの同士でない以上、好きになることはできないから。

「優佳……」

わたしは、親友だと思っていた少女の名前を呼んだ。その響きは、あっという間に春の夜空に溶けていった。

＊　＊　＊

「どうだった？」

答えを聞かなくても、表情を見ればわかる。それでも、本人の口から聞きたかった。

優佳は脱力した顔で答える。「受かったよ」

「わたしも」

優佳は破顔《はがん》した。「よかったあ」

抱きついてくる。わたしも抱きしめ返した。

三月八日。国公立と一部私立大学の合格発表の日だ。それぞれが結果を確認して、学校に報告しに来る。わたしは第一志望だった横浜市立大学医学部に無事合格した。緩《ゆる》んだ緊張感を路上に置き去りにして、抜け殻《がら》の状態で学校にやってきた。そして職員室の前で、優佳と顔を合わせたのだ。

「おっ。お二人さん、笑顔だねえ」

おっさん臭いしゃべり方は、確認するまでもない。ショージが満面の笑みで立っていた。

「ふぇっふぇっふぇっ」

宇宙人のように笑って、Vサインをみせる。「東大、通ったぜ」

「すっげえな」

サッサが賛嘆《さんたん》の声を出した。「奇蹟だな」

響きに素直さがあったから、彼女もまた、第一志望の早稲田大学に合格したのだろう。ショージも素直な口調で返した。

「奇蹟でも何でもいいよ。合格しさえすれば」

「まったくだ。でも――」

サッサは声を潜めた。「ひなさまは、落ちたらしいぞ」

「ええっ？」

声が裏返ってしまった。サッサの声がさらに低くなる。

「あいつ、京都大学だろう。謙信の姉貴も、現役のときに落ちてる。うちの学校と相性がよくないんじゃないかって、先生が本気で首をひねってた」

「………」

ひょっとして、サッサとのことが気にかかって集中できなかったのではないか。そんなことを考えた。もしそうなら、優佳はひなさまを見殺しにしたことになる。心は重くなったけれど、証明しようのないことだ。それに、結局はひなさま自身の責任だ。優佳を責める筋合いのものではない。

「あいつ、滑り止め受けてたっけ」

「受けてるよ。早稲田と慶應。どっちも受かってるはずだけど」

「ふざけた野郎だ」

言葉遣いは汚いけれど、サッサの表情には安堵が広がっていた。こっそり優佳を見る。優佳もまた安堵の表情を浮かべている。しかしそれは、この場にふさわしいから選択しているだけのように感じられた。

「でも、やっぱり第一志望の不合格は辛いよ。少しの間はそっとしておこう」

「そうだね」

先生にもう一度挨拶して、校舎を出た。校門に向かって歩きながら、サッサが口を開く。

「どうする？　ここにいる四人は第一志望に受かったから、お祝いするか？」

すぐさまショージが反応した。「いいね」

「うすうすは、どうする？」

「いいよ。行こっか」

「よっし。謙信は？」

わたしは右手を振った。

「ごめん。今日はこれから用事があるんだ。みんなで楽しんできてよ」

「そっか」

サッサは特に怪しむことなく、どこに行くか相談を始めた。

嘘をついた。本当は、用事なんてない。センター試験の直前、ひなさまがサッサに対して感じた距離を、今わたしは優佳に対して感じている。違うのは、ひなさまが誤解と思い込みに過ぎなかったのに対し、こちらは事実に基づいた正しい推察だということだ。

優佳は、いずれ気づくのだろうか。自分が、他人に対して何の関心も持っていないことに。冷静で、冷たい人間であることに。気づくかもしれない。一生そのままなのかもしれない。わたしにはわからない。わかっているのは、彼女が自覚できたとしても、その場に自分がいないことだけだ。

校門を出た。六区と呼ばれる坂道を下り、信号を渡る。わたしを除く三人は、途中のファストフード店で立ち止まった。優佳と二人で、よく入った店だ。

「わたしらは、ここに寄っていくよ」

「うん。わかった」

わたしは一人歩きだす。途中で振り返った。手を振る。

「優佳。じゃあね」

初出『小説ＮＯＮ』（祥伝社刊）
赤信号　平成二三年　五月号
夏休み　平成二三年　一一月号
彼女の朝　平成二四年　二月号
握られた手　平成二四年　五月号
夢に向かって　平成二四年　八月号
災い転じて　平成二四年　一一月号
優佳と、わたしの未来　平成二五年二月号

ノン・ノベル百字書評

キリトリ線

なぜ本書をお買いになりましたか（新聞、雑誌名を記入するか、あるいは○をつけてください）

- □（　　　　　　　　　　　　）の広告を見て
- □（　　　　　　　　　　　　）の書評を見て
- □ 知人のすすめで
- □ タイトルに惹かれて
- □ カバーがよかったから
- □ 内容が面白そうだから
- □ 好きな作家だから
- □ 好きな分野の本だから

いつもどんな本を好んで読まれますか（あてはまるものに○をつけてください）

●**小説**　推理　伝奇　アクション　官能　冒険　ユーモア　時代・歴史　恋愛　ホラー　その他（具体的に　　　　　　　）

●**小説以外**　エッセイ　手記　実用書　評伝　ビジネス書　歴史読物　ルポ　その他（具体的に　　　　　　　）

その他この本についてご意見がありましたらお書きください

最近、印象に残った本をお書きください		ノン・ノベルで読みたい作家をお書きください	

1カ月に何冊本を読みますか	冊	1カ月に本代をいくら使いますか	円	よく読む雑誌は何ですか	

住所					
氏名		職業		年齢	

あなたにお願い

この本をお読みになって、どんな感想をお持ちでしょうか。

この「百字書評」とアンケートを私までいただけたらありがたく存じます。個人名を識別できない形で処理したうえで、今後の企画の参考にさせていただくほか、作者に提供することがあります。

あなたの「百字書評」は新聞・雑誌などを通じて紹介させていただくことがあります。その場合はお礼として、特製図書カードを差しあげます。

前ページの原稿用紙（コピーしたものでも構いません）に書評をお書きのうえ、このページを切り取り、左記へお送りください。祥伝社ホームページからも書き込めます。

〒一〇一―八七〇一
東京都千代田区神田神保町三―三
祥伝社
NON NOVEL編集長　保坂智宏
☎〇三（三二六五）二〇八〇
http://www.shodensha.co.jp/bookreview/

「ノン・ノベル」創刊にあたって

「ノン・ブック」が生まれてから二年一カ月、ここに姉妹シリーズ「ノン・ノベル」を世に問います。

「ノン・ブック」は既成の価値に〝否定《ノン》〟を発し、人間の明日をささえる新しい喜びを模索するノンフィクションのシリーズです。

「ノン・ノベル」もまた、小説《フィクション》を通して、新しい価値を探っていきたい。小説の〝おもしろさ〟とは、世の動きにつれてつねに変化し、新しく発見されてゆくものだと思います。

わが「ノン・ノベル」は、この新しい〝おもしろさ〟発見の営みに全力を傾けます。ぜひ、あなたのご感想、ご批判をお寄せください。

昭和四十八年一月十五日

NON・NOVEL編集部

NON・NOVEL—1005

わたしたちが少女《しょうじょ》と呼《よ》ばれていた頃《ころ》

平成25年5月20日　初版第1刷発行

著　者　石《いし》持《もち》浅《あさ》海《み》
発行者　竹内和芳
発行所　祥《しょう》伝《でん》社《しゃ》
〒101—8701
東京都千代田区神田神保町 3-3
☎03(3265)2081(販売部)
☎03(3265)2080(編集部)
☎03(3265)3622(業務部)
印　刷　堀内印刷
製　本　積信堂

ISBN978-4-396-21005-2 C0293

トラベル・ミステリー　十津川班捜査行　湘南《しょうなん》情死行　西村京太郎

長編推理小説　近鉄特急　伊勢志摩ライナーの罠　西村京太郎

トラベル・ミステリー　十津川班捜査行　わが愛　知床《しれとこ》に消えた女　西村京太郎

長編推理小説　十津川警部捜査行　外国人墓地を見て死ね　西村京太郎

トラベル・ミステリー　十津川警部捜査行　宮古《みやこ》行「快速リアス」殺人事件　西村京太郎

長編推理小説　生死を分ける転車台　天竜浜名湖鉄道の殺意　西村京太郎

トラベル・ミステリー　十津川警部捜査行　カシオペアスイートの客　西村京太郎

長編推理小説　十津川警部捜査行　SL「貴婦人号」の犯罪　西村京太郎

トラベル・ミステリー　十津川直子の事件簿　西村京太郎

長編推理小説　九州新幹線マイナス1　西村京太郎

長編本格推理小説　愛の摩周湖殺人事件　山村美紗

長編冒険推理小説　誘拐山脈　太田蘭三

長編山岳推理小説　奥多摩殺人渓谷　太田蘭三

長編山岳推理小説　殺意の北八ヶ岳　太田蘭三

長編推理小説　闇の検事　太田蘭三

長編推理小説　顔のない刑事〈二十巻刊行中〉　太田蘭三

長編推理小説　摩天崖《まてんがい》　警視庁北多摩署特別出動　太田蘭三

長編本格推理小説　終幕《フィナーレ》のない殺人　内田康夫

長編本格推理小説　志摩《しま》半島殺人事件　内田康夫

長編本格推理小説　金沢《かなざわ》殺人事件　内田康夫

長編本格推理小説　喪《うしな》われた道　内田康夫

長編本格推理小説　鯨の哭《な》く海　内田康夫

長編推理小説　棄霊島《きれいじま》　上下　内田康夫

長編推理小説　還《かえ》らざる道　内田康夫

長編本格推理　薩摩半島　知覧《ちらん》殺人事件　梓林太郎

長編本格推理　天竜川殺人事件　梓林太郎

長編本格推理　釧路川殺人事件　梓林太郎

長編本格推理　立山アルペンルート　黒部川殺人事件　梓林太郎

長編本格推理　笛吹川殺人事件　梓林太郎

長編本格推理　紀の川殺人事件　梓林太郎

長編本格推理　京都　保津川殺人事件　梓林太郎

長編本格推理　京都　鴨川殺人事件　梓林太郎

NON NOVEL

長編旅情ミステリー 石見《いわみ》銀山街道殺人事件 木谷恭介
長編推理小説 京都鞍馬《くらま》街道殺人事件 木谷恭介
長編推理小説 棟居刑事の一千万人の完全犯罪 森村誠一
長編本格推理 緋色の囁《ささや》き 綾辻行人
長編本格推理 暗闇の囁き 綾辻行人
長編本格推理 黄昏《たそがれ》の囁き 綾辻行人
ホラー小説集 眼球綺譚《きたん》 綾辻行人
長編本格推理 一の悲劇 法月綸太郎

長編本格推理 二の悲劇 法月綸太郎
本格推理コレクション しらみつぶしの時計 法月綸太郎
長編小説 ダークゾーン 貴志祐介
長編本格推理 黒祠《こくし》の島 小野不由美《ふゆみ》
長編本格推理 紫《むらさき》の悲劇 太田忠司
長編本格推理 紅《べに》の悲劇 太田忠司
長編本格推理 藍《あい》の悲劇 太田忠司
長編本格推理 男爵《バロン》最後の事件 太田忠司

長編ミステリー 警視庁幽霊係 天野頌子《しょうこ》
長編ミステリー 恋する死体 警視庁幽霊係 天野頌子
連作ミステリー 少女漫画家が猫を飼う理由《わけ》 警視庁幽霊係 天野頌子
連作ミステリー 紳士のためのエステ入門 警視庁幽霊係 天野頌子
長編ミステリー 警視庁幽霊係と人形の呪い 天野頌子
長編ミステリー 警視庁幽霊係の災難 天野頌子
長編本格推理 扉は閉ざされたまま 石持《いしもち》浅海《あさみ》
長編本格推理 君の望む死に方 石持浅海

長編本格推理 彼女が追ってくる 石持浅海
長編ミステリー これから自首します 蒼井上鷹《あおいうえたか》
本格時代推理 謎解き道中 とんち探偵一休さん 鯨統一郎
サイコセラピスト探偵 波田煌子シリーズ〈全四巻〉 なみだ研究所へようこそ! 鯨統一郎
長編本格歴史推理 親鸞《しんらん》の不在証明 鯨統一郎
本格歴史推理 空海 七つの奇蹟 鯨統一郎
長編サスペンス 陽気なギャングが地球を回す 伊坂幸太郎
長編サスペンス 陽気なギャングの日常と襲撃 伊坂幸太郎

長編ハイパー伝奇 呪禁官《じゅきんかん》〈二巻刊行中〉 牧野 修

長編新伝奇小説 ソウルドロップの幽体研究 上遠野《かどの》浩平

長編新伝奇小説 メモリアノイズの流転現象 上遠野浩平

長編新伝奇小説 メイズプリズンの迷宮回帰 上遠野浩平

長編新伝奇小説 トポロシャドゥの喪失証明 上遠野浩平

長編伝奇小説 クリプトマスクの擬死工作 上遠野浩平

長編伝奇小説 アウトギャップの無限試算 上遠野浩平

長編伝奇小説 コギトピノキオの遠隔思考 上遠野浩平

猫子爵冒険譚シリーズ 血文字GJ《ジー・ジェイ》〈二巻刊行中〉 赤城《あかぎ》毅《つよし》

長編新伝奇小説 魔大陸の鷹 完全版 赤城 毅

魔大陸の鷹シリーズ 熱沙奇巌城《ねっさきがんじょう》〈全三巻〉 赤城 毅

長編冒険スリラー オフィス・ファントム〈全三巻〉 赤城 毅

長編新伝奇小説 有翼騎士団 完全版 赤城 毅

長編時代伝奇小説 真田三妖伝《さなださんようでん》〈全三巻〉 朝松 健

長編エンターテインメント 麦酒《ビール》アンタッチャブル 山之口《やまのぐち》洋《よう》

長編本格推理 羊の秘《ひ》 霞《かすみ》 流一《りゅういち》

長編ミステリー 警官倶楽部 大倉崇裕

天才・龍之介がゆく！シリーズ〈十二巻刊行中〉 殺意は砂糖の右側に 柄刀《つかとう》 一《はじめ》

長編極道小説 女喰《ぐ》い〈十八巻刊行中〉 広山義慶

長編求道小説 破戒坊《はかいぼう》 広山義慶

長編求道小説 悶絶禅師《もんぜつぜんじ》 広山義慶

長編クライム・サスペンス 嵌《は》められた街 南 英男

長編クライム・サスペンス 理不尽《りふじん》 南 英男

長編ハード・ピカレスク 毒蜜 裏始末 南 英男

ハード・ピカレスク小説 毒蜜 柔肌《やわはだ》の罠 南 英男

エロティック・サスペンス たそがれ不倫探偵物語 小川竜生

情愛小説 大人の性徴期 神崎京介

長編超級《メガ》サスペンス ゼウス ZEUS 人類最悪の敵 大石英司

長編ハード・バイオレンス 跡目《あとめ》 伝説の男・九州極道戦争 大下英治

長編冒険ファンタジー 少女大陸 太陽の刃《やいば》、海の夢 柴田よしき

ホラー・アンソロジー 紅《あか》と蒼《あお》の恐怖 菊地秀行他

推理アンソロジー まほろ市の殺人 有栖川有栖他